Suíte

MARIELLA AUGUSTA

Suíte

CONTOS

FARIA E SILVA EDITORA

Rio de Janeiro, 2024

Suíte

Faria e Silva é uma empresa do Grupo Editorial Alta Books (STARLIN ALTA EDITORA E CONSULTORIA LTDA).

ISBN: 978-65-6025-160-1

Impresso no Brasil — 1ª Edição, 2024 — Edição revisada conforme o Acordo Ortográfico da Língua Portuguesa de 2009.

Dados Internacionais de Catalogação na Publicação (CIP)
(Câmara Brasileira do Livro, SP, Brasil)

Augusta, Mariella
Suíte : (contos) / Mariella Augusta. --
Rio de Janeiro : Faria e Silva Editora, 2024.

ISBN 978-65-6025-160-1

1. Contos brasileiros 2. Literatura brasileira
I. Título.

24-198424 CDD-B869.3

Índices para catálogo sistemático:

1. Contos : Literatura brasileira B869.3

Tábata Alves da Silva - Bibliotecária - CRB-8/9253

Faria e Silva é uma Editora do Grupo Editorial Alta Books

Produção Editorial: Grupo Editorial Alta Books
Diretor Editorial: Anderson Vieira
Editor da Obra: Rodrigo Faria e Silva
Vendas Governamentais: Cristiane Mutüs
Gerência Comercial: Claudio Lima
Gerência Marketing: Andréa Guatiello

Produtora Editorial: Milena Soares
Revisão: Alessandro Thomé; Denise Himpel
Diagramação: Junior Santos
Capa: Beatriz Frohe

ALTA BOOKS
GRUPO EDITORIAL

Rua Viúva Cláudio, 291 — Bairro Industrial do Jacaré
CEP: 20.970-031 — Rio de Janeiro (RJ)
Tels.: (21) 3278-8069 / 3278-8419
www.altabooks.com.br — altabooks@altabooks.com.br
Ouvidoria: ouvidoria@altabooks.com.br

Editora
afiliada à:

ASSOCIADO

Ao meu pai.

Sumário

Língua

Mirei no espelho minha língua estendida para fora. No fundo dela, um grande túnel se abriu para uma mandíbula que, debaixo da longa calota de um grande lagarto, conhecia seu único propósito. Diferente da luz da Lua, adorno do mundo, que ainda não se refletia na prata nem favorecia os amantes e os poetas.

Um perdedor, com vinte anos de toneladas, estava tombado no azul maciço da floresta, e uma chuva caía espirituosa pela sua carne matuta. Eu, meus pais e meus irmãos éramos comida deixada por gigantes marchetados, de frio e de quente, numa das portas do eterno.

Entramos como carniceiros, escondidos e silenciosos, pela casa grande e agitada, com a única missão de sairmos na hora certa, sem sinais e sem relógios, no meio do infinito. Foram os ventos que saltaram, como sapos para fora da água, a fim de ensinar aos rebeldes como rastejar sobre a terra, sem lhes contar os segredos dos céus.

Ímpio, sequei meus olhos e tomei, com pernas longas, feitas de gazes, dois caminhos diferentes. Tudo colaborava. Todos participávamos sem o acidente e as exigências de Deus, que, naquele tempo, ainda era criança e não levava a brincadeira tão a sério. Era só a vida revezando seus contrários, sem os polegares e sem o sopro de Satanás. Nada para reconhecer no espelho. Sacrifício e sorte sucediam-se, nas vésperas da quintessência, pelas encostas da terra cifrada quando nós ainda éramos estouvados.

Depois de tanto arriscarmos o pescoço, ganhamos o dia da caça. Escolhemos pedras coloridas nos campos e montamos guarda contra a Lua que enfim se insinuara. Tendo andado muito, precisávamos construir sombra e água fresca para apagar o fogo. E, quando Deus já não caía mais do céu, eu, meus pais e meus irmãos recebíamos as cartas.

Mais tarde, as mãos, porque foram ficando pequenas demais para cavarem suas apostas, tiveram de voar até os crânios arredondados. Foi quando jogaram os naipes como malabares e embaralharam as geografias do tempo que já não parava de crescer.

Subimos às montanhas, para uma grande festa com flores, incensos e danças, onde todos comíamos juntos depois da caminhada. Descobrimos frutinhas coloridas e engraçadas entre folhagens graves; deixamos os lobos se aproximarem e viramos todas as noites. Isso porque tínhamos aprendido a dinâmica do mar e o assobio das plantas farfalhando.

Vivíamos à margem dum rio de espelhos onde navegavam fisionomias, divididas lado a lado, com as quais inventávamos todas as cores do Sol. O espírito fáustico de Deus começou a se interessar pela terra, desde então coberta de signos. Verdade e mentira.

Então, Ele aspergiu saudade em nossos olhos defuntos. Nós, que já estávamos aquecidos, fomos descobertos. O sangue, frio de medo e de memória, surpreendeu-se no meio da noite em que chegara o passado e um pouco do futuro. Nosso calcanhar esborrachou-se, da montanha até o vale dos inadaptados, por termos cruzado os braços de tristeza. Uns subiram em cima de outros para ver se havia outro jeito.

Apesar da baixa na imunidade, a doença não queria matar seus hospedeiros, mas ao contrário, deu-lhes o avesso da matéria que, embora tivesse a desvantagem do time visitante, apontava as luzes do castelo.

Sem saber que ainda seguia a estratégia do parasita, o carbono quis deixar seu recado. Armado, desde a primeira modulação meteu as asas nas paredes da torre que nunca ficou pronta; que foi destruída pelo grande segredo a fim de se manter segredo. A torre insiste. Imperfeita, faz contas, faz alianças e rouba a Lua para metê-la no bolso de trás. Luta para diminuir a desvantagem de estar no escuro.

Deixo o espelho, onde só o amor intelectual de Deus poderia perdoar tudo, e vou agir com a procuração que assaltei, menos por vaidade e por ócio do que por engano. A favor do meu crime, só a beleza da torre depõe. Seu mosaico de espelhos, sob mil e um véus, deu identidade aos doentes para que procurassem o sentido, trocassem bilhetes e conspirassem contra o jogo ciumento. Foi essa a promessa de saúde que trouxe, até aqui, por nove portas, mais este invasor.

South american way

Prezado senhor,

não há a menor dúvida de que o seu texto tem todas as qualidades de um conjunto de contos. No entanto, este ano, a editora está comprometida com a publicação de algumas obras completas e, infelizmente, não publicará novos autores. Agradecemos o contato e desejamos boa sorte.

Cordialmente,

Conselho Editorial.

Já era a terceira vez que lhe desejavam boa sorte. Publicariam novos autores sim. Só que não seria ele. Nunca ele. Não havia uma só razão para que o publicassem. Não era filho, nem neto, nem sobrinho. Não era advogado, nem professor, nem jornalista, nem padre, nem militante. Somente amava a literatura e gostava de escrever. Azar o dele o de ter nascido numa época em que a literatura andava batendo cabeça como um demente sem cuidados. Deveria escrever um roteiro. Aquela moça deixou claro com suas palavras bêbadas e convictas:

— Agora é só audiovisual. O mundo mudou.

Era verdade, o cinema tinha substituído a literatura porque não se sabia mais o que ela era. Era por isso que tudo estava daquele jeito. Conta cara. Nenhuma gente vive bem sem boa literatura.

O pior é que nem cinema era mais. Audiovisual. Isso quer dizer, no limite, websérie. Só que, sem um centavo no bolso e as contas batendo na porta, era obrigado a considerar. Seria um grande risco em todos os sentidos:

não queria fazê-lo. Não sabia fazê-lo. E a grana mesmo, só se a bêbada fosse confiável, alguém quisesse filmar e alguém quisesse pagar por toda a porcaria. Quanto à reputação? Melhor ser roteirista no inferno do que não ser nada. E se tivesse nascido para escrever roteiros? E se aquilo fosse a verdadeira vida escondida sob a vaidade? Já estava começando a delirar. Sabia que poderia escrever tudo, menos roteiros. Também, o que podia fazer no meio de tanta grosseria, senão delirar? Todos eram grossos. Gente grossa de banho tomado. Que é que Deus queria dele? Muito mais do que coragem. Se bem que fazer cinema, quer dizer, audiovisual, numa terra onde não existia cinema, nem toda a coragem do mundo bastaria. Deus queria humilhação mesmo. Só que não era isso que estava em jogo. Devia tanto ao irmão que a coisa se tornara impagável. Um irmão que não era um Theo. Um irmão qualquer. Que era aquilo? Olha como estava falando... tanto rancor. De fato, ficara alérgico ao mundo, como era alérgico a cigarros. Não tinha a menor paciência para coisa nenhuma.

Desde que lhe apareceu a desgracinha, o irmão não estava muito compreensivo. Não que fosse antes. Mas sabe como é — difícil deixar alguém passando fome, mesmo que seja um alcoólatra, talvez, principalmente, um alcoólatra. Não era compreensivo, mas a promessa à avó moribunda era o quanto bastava para um cristão culpado. Deus abençoe a culpa. Deus abençoava, e do dia 10 ao dia 15 de todo mês, podia buscar a culpa em notas de 100. Podia. Porque, naquele momento, morder duas de 50 era luta terrível. Começava por ter de jantar lá, naquela casa com cheiro de talco desde o *hall* (algumas pessoas têm filhos só para gastar mais dinheiro). Da última vez... que era aquilo? A criança perdida entre uma tonelada de brinquedos, dava pena. Ademais, a desgracinha mandaria das suas:

— Ter um filho muda muito a gente. Tudo fica para o filho. Não sobra nem tempo nem dinheiro. Está fazendo algum freela?

Desgracinha, desgracinha, quem te fez tão desgracinha?

Melhor tomar mais uma. Tão cafoninha era aquela mulherzinha. Isso porque nadava em dinheiro. O mau gosto impõe o mais profundo dos silêncios. A diferença do mau gosto do pobre para o mau gosto do rico é que o rico faz mais esforço. E como ela fazia esforço! Tanto vinho, tanto vermelho, amarelo e, de repente, um verde. O irmão tinha virado um babaca de bermuda jeans.

Não que fosse ingrato. Mas, porra, se era para parar de dar, por que começou?

Pois era aquilo. Audiovisual. Pegar ou largar. Era uma bêbada, mas uma bêbada que pagou a conta. Não custava tanto tentar. Chamou um amigo que estudou a coisa, formado na coisa. Era o mais sensato. Aconselhou-lhe um livro:

— Syd Field.

Já o tinha folheado. Por isso mesmo que não queria fazer roteiros.

— O que você quer fazer? Já pensou?

— Tenho duas novelas (mentia). Preciso baixar um ou dois tons. Ver se não incomodo gregos ou troianos e *ya esta*.

— Legal.

— Você acha que eu consigo?

— Claro. Lê aí e manda ver. Se não achar na rede, cola aqui para pegar.

Sabia que não conseguiria. Quando disse que faria história sua, o amigo respirou diferente. Não que não confiasse em si. Confiava, mas tinhas dois problemas: o *scene heading* e a preguiça. Na verdade, só tinha a seu favor os diálogos. Isso sabia fazer. Só não sabia escrever roteiros. Mas como as contas não são compreensivas nem sentimentais, abriu um novo documento para tirar no pelo.

A imensidão do branco fazia mal, dava enjoo no peito. Não era procrastinação nem nada parecido. Era a sério que sofria. Se fizesse uma boa série, poderia conseguir um emprego, para depois escrever seus contos e seus poemas. Sempre depois. Podia fazer uma sátira. Muito embora naquele tempo fosse perigoso escrever sátiras. O gênero tinha virado um campo minado. Outra merda para quem gostasse de escrever. Não tinha dinheiro nem para comer, imagine para pagar processo. Era como cair na Maré ou no Bronx. Olha... isso sempre dá bons argumentos. Afinal a vida é isso: cair no lugar errado. Ao menos era o seu caso. Caíra no lugar errado.

Literatura confessional nem pensar. Sobretudo sendo gay. Não queria militar por nada deste mundo. Não gostava de conversar com estranhos. Não que não lutasse pela liberdade, se precisasse até lutaria sim. Ainda bem que não precisava lutar para dar a bunda (que sempre foi e sempre será a coisa mais fácil do mundo).

Um filme ruim ninguém esquece. Podia fazer a história de um psicopata. Mas não daqueles que matam, e sim daqueles que só não matam. Tinha conhecido mais de um. Lembrou-se do namorado da amiga. Uma erva daninha. Um pulha que tirou tudo dela e não lhe deu nada. No fim, fugiu. Um bom começo seria o episódio em que ele vomitou bêbado na sala e disse ao colega de república que foi a namorada. Ela, que nem bebia, frequentou a casa dos caras por meses sem saber por que não era bem recebida.

Int. Sala de estar. Noite.

Homem, 29, de pé, ouve o outro, 31, sentado em trajes mínimos gesticulando com certa alteração.

Começar assim, no entanto, daria a personagem inteira já na primeira cena. Embora os dez primeiros minutos devessem chamar a atenção do espectador, não poderia ser assim tão rápido. Só a amiga para não perceber que aquilo era coisa de canalha.

Mas e o ator? Não tinha nenhum merda de um ator. Fazia tempo que ser ator não tinha mais nada a ver com atuar. O cara imitava, podia até cantar e sapatear, mas não atuava. Talvez tivesse uma cláusula: "Para não constranger os demais, favor não atuar de verdade."

Agradecemos o contato é padrão, disseram da outra vez. E quem disse que isso aliviava? Era para servir de consolo? É um crime? Um terror psicológico? Tinha aquela história da mulher que vivia com os urubus. Caía bem para muita gente. A praga dos urubus agradaria aos ambientalistas e não desagradaria nenhum crente que porventura tivesse a ver com arte. Naquele tempo, era prudente ser prudente. Só precisava recomeçar.

Toda vez que apertava o *backspace*, sentia uma compaixão profunda pelos escritores analógicos porque tinham de amassar erro atrás de erro e os deixar embolados no lixo como testemunhas do crime.

Int. Quarto. Noite.

Mulher, aparentando 40 anos, envelhecida, depois de ter se enchido de açúcar e velhice. A velhice também se cultiva — como tudo na vida, não é só destino não. O problema é a preguiça. A preguiça é um negócio terrível.

Viu? É o eterno problema com o *scene heading*. Nem era o cabeçalho, era depois, era a ação. Nem o nome sabia. Melhor ouvir um tango com ou sem pneumonia.

Melhor tomar outra. Podia entrar no aplicativo para conseguir um parceiro que o acompanhasse naquela noite que já ia dando as caras. Pelo menos havia isso de bom. Não precisar sair para fazer sexo. Sexo à *la carte, delivery*, na ponta dos dedos. Não tinha tempo de fingir amor com viado. Viado que ama é viado bem de vida. E aquele último? Foi obrigado a aguentar aquele papo candomblé até o pó acabar. Quem merece? Depois a briga, quando disse que não gostava de samba. Naquela época, existiam os justiceiros. Uma gente chata como papagaios histéricos e burros. Que analogia horrível... os papagaios não são burros. Lembrou-se de um que um amigo tinha — amigo de quando ainda tinha de fingir que era macho.

O bizarro do papagaio tentou matar o Chérie. O Chérie era um poodle sem classe da extrema Zonal Sul. Latia mais que um pinscher querendo confusão. Um dia, o Chérie passou dos limites. Latiu tanto que o papagaio resolveu agir. Dentro da gaiola, o assassino potencial vivia com dois poleiros e um prato de sobremesa onde depositava, não sem método, o seu pão de cada dia. Não voava, mas comia. Comer é alguma coisa no mundo. A louça, que de muito barata não era louça, e sim uma folha de papel, facilitou o plano. Virar o prato com o bico até passar pela grade que o prendia e sentá-lo na cabeça do Chérie. Não houve vítima. Mas houve crime. Sem arrependimento eficaz, munido de um dolo bestial e geométrico, um crime tentado até o último momento. Não sei se Deus estava do lado do cão naquele dia ou se a engenharia maligna da ave alertou os reflexos do cachorro. O fato é que, como o Chérie não foi morto naquela ocasião, era melhor parar de arborizar. E não estava em Hollywood não... se estivesse, escreveria roteiros... se estivesse, até os peixes saberiam atuar melhor do que os atores dali... conta cara. De mais a mais, que diriam os ambientalistas? Não estava a fim de provocar ninguém porque daquele mato poderia sair cobras, lagartos e todo um bestiário medieval para pegar o dinheiro que não tinha ou para torná-lo desafeto de quem nem conhecia. Se fosse se render, faria direito, faria para sair com a grana.

Não podia jogar fora a história de uma mulher obrigada a conviver com urubus na sua varanda, do décimo terceiro, e com medo do Ibama: — A senhora não pode matá-los.

Mas ela não disse que queria matá-los. E sim, eram dois. Um casal grávido, dois espécimes do topo da cadeia procurando sombra na janela de uma histérica deprimida.

Que tudo fosse pro diabo. Pras favas. Ia tomar mais uma dose e entrar no aplicativo. Não tinha mais vontade de se colocar, de ir às saunas. Muito menos boates. Melhor separar o joio do trigo, em casa, de pijama. Afinal de contas, ter ficado sozinho na casa da avó tinha de servir para alguma coisa.

O problema era cair na culpa, na vergonha na cara ou simplesmente nas mãos fechadas da desgracinha. Era melhor escrever.

Tinha de mudar o argumento. Era isso. Que argumento? Não tinha nenhum. Só tinha três personagens. Que inferno, só sabia escrever contos mesmo.

Lembrou-se de quando queria escrever um *hit* para um músico seu amigo, a fim de que ficassem ricos:

— Não adianta.

— Por quê?

— Quem faz um *hit* é o jabá. Só cola porque toca sem parar. Até quando se abre a geladeira.

Quanta inocência! Já tinha até pensado no pseudônimo. Aliás, agora usaria o mesmo expediente, mas, para um roteirista, pensaria num apelido menos popular. Como é que chamavam os grandes roteiristas. Foi ver: Kubrick, Scorsese, Fellini, Woody Allen. Não, não diretores. Stefano, Paul Schrader. Ah, o Travis... Amava a cena do cinema com a Cybill Shepherd. Por que nunca um De Niro se sentou ao seu lado nas sessões da São João?

Era meio bobo às vezes. Claro que era jabá! Todo homem tem seu preço, ele é que não podia pagar por nenhum. Como era mesmo? Era um blues muito do pastiche: Mean Old Woman. Aí que o amigo pirou mesmo:

— Em inglês? Aí nem com jabá.

O raciocínio era simples: não se faz música de gringo melhor do que gringo. Veja-se um gringo tocando samba.

Que é que tanto as pessoas têm com samba?

Graças a Deus, chegaram os aplicativos. Facilitou muito as coisas para ele, que nunca viu no sexo nada além de sexo. Conversava com os amigos, não queria transar uma de amor. Mas o sexo? Esse sim, esse era vital. Melhor o *chat*, da última vez teve azar no aplicativo. Se com um filho de Oxum já foi difícil, que lhe aconteceria se aparecesse um filho de Yansã? Acabava morto. No Brasil, até crente é macumbeiro. Essa gente sabe o que quer.

Talvez fosse melhor tentar mais uma vez. Se fizesse uma grana, poderia levar um presente caro para o sobrinho, só para ver a cara da desgracinha.

Se a alma for só linguagem, o que é do figura que não conhece literatura?

Int. Apartamento. Dia

Uma mulher, 30 anos, desce a escada com os olhos fechados. À frente, uma janela de vidro onde se vê um casal de urubus.

Pronto, já estava tudo zoado, com certeza. Teria de olhar toda hora a porcaria do livro para não fazer besteira. Adjetivo? Corta. Sugestão? Corta. Uma porcaria. Ainda mais para ele, que já ouvia o tímpano e os metais da trilha do seu filme. Melhor ir direto para os diálogos.

Se bem que dava vontade de fazer um lance mais pop, cuspir nos crentes e nos antropólogos. Uma gente arrogante e intrometida. Que época insuportável! Nada pior do que bebida barata.

Era só recomeçar. E se dividisse o trampo? Ligou para o amigo.

— Alguém vai pagar?

— Não. É pra ganhar no êxito.

— Ah, cara, aí não vai dar. Não trabalho de graça.

— Mas é arte.

— Tô fora.

Filho da puta! Ele tinha descido até a porra do audiovisual e o belezinha, que adorava cinema, queria ser pago antes. O cara trabalhava no banco! Que iria fazer depois das quatro? E isso era amigo? E tem isso de amigo? Mais fácil o amor. Mas o amor era para aqueles que tinham emprego. Bicha pobre não ama. Bicha desempregada só trepa mesmo.

Resolveu não falar mais nada. Mentir não podia. Por que tinha de nascer pobre? Pois então. Desceu duas vezes. Filho da puta! Não tinha mais ninguém? Que diabos era aquela trava? Era só descrever o que se vê na tela. Talvez fosse esse o problema. O negócio era mais chato do que o naturalismo. Quando é que vinha o belo? O filme nem seria dele. De repente, foi acordado pelo filho da puta.

— Que você acha?

— Do quê? Desculpa, não te ouvi.

— Um conto do Cortázar. Basta escolher um.

De onde vinha aquilo? Por que um conto do Cortázar? Onde ficou a dúvida quanto ao *scene heading*, ou melhor, com a descrição da ação? A história não era o problema.

— É... vou pensar.

Será que a história não era mesmo o problema? Derrubou a garrafa, tinha de desligar o telefone. O quê? Que era aquilo que estava lendo?

PAPA SUGERE QUE A IGREJA DEVERIA VENDER SEUS BENS PARA DAR O DINHEIRO AOS POBRES.

Iria escrever ao papa. Implorar para que não vendesse a escola de Atenas. Esse papa é latino-americano mesmo. Escreveria à Sua Santidade para dizer o que lhe sucedera:

Vossa Santidade,

Como é que se começa uma carta ao papa? Melhor ir para a ideia central e depois fazer a pesquisa do endereçamento.

Entendendo que a santa Igreja Católica perdeu espaço para um protestantismo neon, um budismo não praticante e fitness, ou para o Mangá, o Senhor Deus mandou um recado. Como o Altíssimo tudo sabe, e deve ter tido uma boa razão para não vir pessoalmente, vejo-me obrigado a incomodar Vossa Santidade eu mesmo. É com uma boa-nova que o faço. Escutai-a. Escutai as palavras do Senhor tais quais me foram proferidas:

"Soube, pelos jornais, dos planos de Sua Santidade para vender os tesouros do Vaticano e dar o dinheiro aos pobres. Diga a ele, meu filho, que volte a pagar nossos melhores publicitários: os artistas. É batata. Vá."

Não faz todo o sentido para Vossa Santidade?

Sim. Fazia. E foi o que fez. Ninguém perdeu um só minuto depois de saber da vontade de Deus, e o universo se iluminou.

No dia do encontro, pôs o único terno que tinha. Saiu da via Condotti um pouco sem acreditar. Como fosse uma segunda-feira de violento inverno, Roma estava vazia. Com um espanhol de quem leu todos os latino-americanos, chegou à praça de São Pedro como o mensageiro da nova aliança. Sim, a visita era tão eloquente que chegou pela praça. Entrou na basílica e não gostou de ver a Pietá, naquele cantinho, à esquerda, coberta de vidro. Em pensar que tudo começara recolhendo os cacos do chão, naquela tarde horrível, onde quase capitulou. Foi guiado por três seguranças até o fundo do altar onde uma porta dava para a sacristia.

Engraçado, nunca poderia supor que o santo padre tivesse uma sacristia tão sem pompa, tão pouco católica e tão cheia de coroinhas. Mas o papa não estava lá. Os meninos vestidos de branco e preto cantavam à virgem ou jogavam nos seus telefones como se estivessem no recreio. E por que tanto coroinha junto? Um dos meninos chegou perto dele perguntando se tinha ido para o aniversário do papa. Aniversário do papa? Mas que imbecil, não tinha levado nada de presente. Explicaria que, com a desgracinha, o bolo de notas era o mesmo, mas agora com notas de cinquenta.

Nem conseguiu pensar mais nada, e o santo papa já estava com a mão no seu ombro. Sentiu um alívio tão grande que começou a chorar e a falar sem parar. Tudo gentinha. Não suportava mesmo era conviver com os novos artistas nem com os religiosos. Viver sem entender um verso? Isso não é vida. O ódio move mais que o amor, o senhor sabe? Claro que era isto: a humanidade de fato era doente, como dizia o outro santo. Uma gente que não sabe ficar sozinha? Que merda é essa que todo mundo sabe um pouco de tudo? Uma putaria, com o perdão da palavra. Subiram os cafonas no poder, aí me disseram para não digitar kkk, porque seria coisa de racista. Onde? Com quem essa gente anda?

O papa pediu foco.

À puta que o pariu o foco. Não tinha mais saco para conversa com foco. Foco para quê?

De dentro da sua túnica de festa, o papa tirou dois maços gordos de euros, enrolados num elástico novinho em folha. Em vez de levar a sério tantos grupos de jovens, tantas ongs e bazares, enfim, a Igreja recompunha seu mecenato. Muito melhor que dar dinheiro aos pobres, que jogariam tudo fora antes do galo cantar da primeira vez. Ninguém melhor que ele, que sofrera tanto, que quase fez um roteiro.

O papa começou a brincar de levar e tirar o dinheiro à sua boca subindo e descendo a mão. O coração disparou e ele partiu para a ignorância. Quando os seguranças atiraram, ...

Deus, mas que era aquilo? Pegou até um sonho de jornal na mão. Poderia ter caído nos cacos. Um perigo. Que sonho doido! Como tem gente que não consegue entender o próprio sonho? Todos os seus sonhos eram assim: seu inconsciente em sexo explícito. Constrangendo sua inocência, sua moral e seus costumes. Melhor pegar um pó para ficar careta e fazer o roteiro.

Só conhecia nerd, e nenhum deles capaz de fazer um roteiro com ele? Covardes.

— E aí? Beleza? Você pode trazer dois? — perguntou.

O primeiro tiro desceu preciso como uma bola na caçapa. E era bom. Era ótimo. Pensou em entrar no *chat* uma vez mais. Lembrou do conselho do amigo.

Ext. Estrada. Dia

Um pedágio com um trânsito maciço. Um quilômetro de carros parados.

Mas justo esse? Por que não escolheu um mais fácil? Não dava para a coisa. Abriu uma aba. Amanhã encararia a desgracinha. Escolheu o **nick** de sempre — Jokcstrap. Falou reservadamente com Dominador. Podia fazer um roteiro sobre um casal de gays masoquistas se conhecendo num *chat*. Começariam a se gostar profundamente, até descobrirem que faltava um sádico. Ah, mas isso seria um drama... Então seria melhor fazer dois sádicos.

Gogolonho e Genoveva

Ao meu amigo Flávio Villar Fernandes,
pela sua ciência e pela sua música

O ser é e o não ser não é — disse Gogolonho à sua amada Genoveva com o intuito de tranquilizá-la. Estava, sem dúvida, disposto a assumir todos os riscos quando resolveu que se apresentaria, à maneira de Puccini, para o desafio real. Na frente de todos, contra príncipes e almofadinhas, prometeria o que houvesse de mais bonito no mundo, cumprindo assim as exigências daquele trono.

Corriam notícias de que alguns pretendentes escavaram pedras de grande brilho, mais valiosas do que todas as joias já vistas no escuro império. Já Gogolonho, um pobre coitado que dançava e trabalhava, por uma cama limpa ou uma paisagem deserta, não tinha nada para oferecer. Nem sequer uma ferramenta para tentar a sorte. Apesar da clara desvantagem, falava a sério. Pensava inclusive que, se não fossem suas tendências contemplativas e meio aventureiras, jamais teria visto tantas paisagens, tantos humores, tantos fenômenos incompreensíveis. Acima de tudo, pensava que não teria invadido a pequena vila onde a princesa passava suas férias.

Genoveva entendeu de pronto. Desde que se conheceram, quando ele procurava padrões e ela dançava além do permitido, acreditava em tudo que saía daquela santa boca. Também sentia as mesmas inquietações do jovem intruso. Ambos estavam cansados daquela mania que os gigantes tinham de discutir e nomear todos os matizes do breu em que viviam. E ela, ainda mais que ele, cansada das leis que do escuro derivavam. Entendia que seus semelhantes viviam para obedecer à natureza e a sua escuridão, à base de usos, costumes, leis e pecados. Pouco faziam e nunca destruíam. Existiam em paz pela força da legalidade e dos jargões. Suas honras moravam em suas bocas grandes e sempre abertas. Genoveva achava-os aborrecidos. Daria tudo certo. Se o ser é, e o seu amor era, Gogolonho só poderia ter razão.

O gigante enamorado dissera aquilo como arremate a sua intuição cinemática que tivera, e a um sonho que tomou como prova e resposta às preces dirigidas, por ambos, a seus antepassados, um dia antes e ali mesmo.

Genoveva que não duvidava de ninguém, ainda mais em coisa tão grave, ainda mais vinda da boca de Gogolonho, acreditou. Nem deu bola para o sonho, apenas concordou que agissem — por mais difícil que fosse esperar pela felicidade. O plano poderia não ser infalível, mas era o único que o amado considerava.

Moravam no lado mais escuro de uma galáxia, há milhões e milhões de quilômetros da Terra, no universo observável, onde os gigantes viviam em poucos e em paz, depois de inventarem as eleições. Antes disso, trocavam disputas brutais pelo poder das leis e do mercado das coisas públicas ou das coisas privadas. Foi para definir os termos e dirimir as desavenças que os gigantes fizeram da democracia a luz daquele planeta. Tiveram também a sabedoria de regular tudo que fariam em suas vidas inteiras (muito possivelmente por não terem sabido investir na liberdade). Proibiram a palavra *hipocrisia*, trocaram o cânone pelo index e contaram toda a matéria. O que não era decoro, era o direito. Permitiam somente buscas especulativas ou estéticas que rezassem pela manutenção da ordem. Desmereciam e até reprimiam o teorético e o técnico para reverenciar a obediência. Nada queriam com os valores, senão as regras.

A solução encontrada contra o mal, causado por certo vocabulário, é um bom exemplo de como os gigantes encaravam as leis. Quer por neurose, quer por psicopatia, os gigantes legalistas não admitiam ofensas. Essa indisposição fez nascer inúmeras e severas leis para apartar os muito grossos, caso usassem as palavras proibidas. A intenção, qualquer que fosse, era presumida, e nunca deixaram de instaurar processos.

Já o partido menos legalista assemelhava-se ao caipira que atira no escuro ou à polícia fazendo sua ronda — mortal ou ridículo pregava o pé na porta e algumas superstições.

Pode-se dizer que tanto os gigantes legalistas quanto os menos legalistas eram algo parvos no seu trânsito pelo tempo. Por essas e outras razões, o ilegítimo par diferia muito dos seus iguais, fossem nobres, fossem povo. Pode-se dizer que estavam em outra. Ela, uma princesa viciada em dançar, ele, um trabalhador viciado em ócio.

Na recepção para os pretendentes, a temeridade do amor acompanhou o jovem gigante e seu plano que, sob a tutela de Genoveva, invadira o castelo na noite anterior. Gogolonho deixou, com a calma dos inocentes, que todos os nobres se apresentassem primeiro, para, só depois, desfazer de seus dotes e surpreender a todos com uma eloquente certeza.

Jurava que era sua a vitória, embora não estivesse de posse do seu presente, que só apareceria três dias depois. Dizia aquilo porque, observador atento de padrões, sabia que uma enorme claridade mancharia o céu escuro no instante em que a princesa lhe dissesse os votos. Seria esse seu presente. Graças ao aviso, todos saberiam a data do fenômeno. Assim, não perderiam a coisa mais bonita do mundo. Voltaria a ocorrer o evento que há séculos vira, em seus poucos anos de vida, amedrontar seu povo. Prometia-lhes um êxtase com hora marcada. Se queriam brilho, brilho teriam. Para diminuir a extravagância, invocou um parágrafo que, na lei dos matrimônios, sustentava sua atitude.

Se Genoveva, com uma grande presença de espírito, não intercedesse por ele, mentindo que tivera um sonho idêntico à sua narrativa, os gigantes teriam prendido e matado aquela criatura exótica que, de mãos vazias, prometia o futuro — em que pesasse sua excelente interpretação da lei dos matrimônios. A princesa tornou a coisa mais dramática ao acrescentar, à psicodelia da previsão, o terrível castigo sob o qual padeceriam os agentes de sua infelicidade — aqueles que a obrigassem a se casar com o gigante errado.

Não foi a convicção de Gogolonho nem a felicidade de Genoveva que fez com que o grande conselho decidisse, em sessão extraordinária, lhes dar ouvidos. A palavra *castigo*, sabiamente usada pela princesa, eliminou qualquer dúvida — uma vez que os gigantes jamais queriam se indispor com coisa alguma, e até pagavam para não ver. Ademais, se Gogolonho estivesse errado, sofreria a pena capital; enquanto a princesa, ainda solteira ou mesmo viúva, poderia se casar novamente e a salvo da bigamia. Tudo se encaixava no ordenamento jurídico daquelas criaturas precavidas. A maior razão, porém, estava na necessidade e no gosto, pois o imprevisto, acima de tudo, dava-lhes ocasião de fazer o que mais gostavam de fazer — legislar.

Não passava pela cabeça de nenhum dos gigantes que Genoveva mentisse, pois nada sabiam do namoro secreto. Decidiram que nada seria mais sensato do que acatar o dispositivo invocado pelo jovem gigante e reconhecer a palavra da princesa. Dali a três dias, Genoveva poderia se casar com o predestinado Gogolonho.

Embora tudo parecesse resolvido, uma dúvida começou a crescer no coração da princesa. Procurou o amado a fim de convencê-lo a trocar tudo por um plano de fuga.

Diferente da princesa, que tinha ido a todas, Gogolonho não seguiu o tom da amada. Explicou-lhe, com doçura, que, se desobedecessem às regras, perderiam o direito de ir e vir. Isso, só para começar. Que ficasse tranquila, pois, dali a três dias, uma luz inimaginável rebentaria no céu escuro e na hora certa. Que confiasse na sua palavra, pois, como sabia, era conhecido por saber a duração de um evento, o ponto de fundir cada metal ou o lugar onde as coisas cairiam de acordo com os padrões que notava. Já tivera outras previsões matemáticas, sabia quando tinha uma. Sem contar o sonho que lha confirmara.

Que era aquilo de hora certa? Onde é que dormia a tal hora que deveria libertá-los? Certa era aquela em que estavam juntos e que o amor consagrava. Não confiava em algo que não dependesse de si, que ainda iria acontecer, que não fosse imutável e verdadeiro como o seu amor. O ser é, lembra-se, Gogolonho?

O gigante lembrava-se, mas não entendia a nova conotação que a princesa dava às suas palavras. Havia dito que, se seu amor era o certo, não poderia ser o errado, porque o que é não deixa de ser para ser outra coisa. Até entendia a noiva. Mas não. O amor garantia-lhes a moral, a lei deveria lhes garantir a civilidade. Queria que ficassem em paz consigo e com os iguais. Não abdicaria da cerimônia e muito menos meteria uma princesa numa vida clandestina e pobre.

Genoveva insistiu uma vez mais. Disse que cabiam muitos enganos num dia — e ainda faltavam três; que acreditava só naquele amor mais sólido que aquele mundo escuro onde topavam o dedão ou dançavam para viver. O ser era aquele instante em que podiam tudo.

— Tudo é dividido, Gogolonho. Tudo neste mundo tem um porém, um acidente, uma incerteza. Tudo menos o que eu posso fazer agora. Você entende?

Gogolonho, mesmo tendo achado poético, pediu que esperasse, que o tempo passaria depressa até a data instituída. Prometeu que a luz brilharia como brilhavam agora os seus olhos. Deveriam esperar, pois já tinham vencido.

Genoveva, por fim, aceitou. Os quase cálculos de Gogolonho ao menos não eram desmentidos pela observação milenar do céu sempre escuro. Não pense o leitor que os gigantes estudavam os astros através de superlentes. Era a olho nu mesmo. Se o olho humano enxerga, no máximo, e graças ao formato curvo da Terra, míseros cinco quilômetros — o tamanho de uma unha dos grandes bípedes —, o olho dos gigantes podia enxergar até um quarto de uma galáxia de médio porte. Suas dimensões não os tornava míopes como se poderia supor, graças à potente capacidade divergente de seus cristalinos. Suas retinas não se fechavam com tanta facilidade quanto a dos homens quando despertadas por uma porção de luz. A previsão não parecia impossível. Gogolonho nunca se enganara — era sabido entre os gigantes de sua classe —, não seria daquela vez.

Apesar de aceitar os termos de Gogolonho, Genoveva dormiu mal. Esperar que o tempo passasse... mas, afinal, que era aquilo? O ser era sua dança, seu amor e as ideias de Gogolonho. Por qual porta o tempo, tão inconstante, entrara naquela história eterna? Quem contava aquele compasso? O tempo era coisa deles. Gogolonho deveria parar com tolices. Não sabia o que era o tempo, mas sabia o que era perdê-lo. De repente, teve um pensamento desconcertante: será que Gogolonho queria ser político?

Três dias depois, ainda que assombrada pelo medo, Genoveva foi para o altar encontrar o belo Gogolonho, que, cheio de fé, sequer olhava para cima. Pela primeira vez, estava fora do tempo. Parecia que dançava além do permitido enquanto a olhava entrando pela nave.

Na metade da cerimônia, porém, com os votos se aproximando, alguns soldados começaram a se mexer.

O noivo entendeu a movimentação. Olhou para o céu, enfim: o mesmo céu escuro de todos os dias. Começou a tremer.

Os responsáveis pela cerimônia cumpriram-na inteira. Só quando concluída deixaram que prendessem o indivíduo. Os gigantes, demasiado detalhistas e rigorosos, nunca descuidariam de um potencial conjunto probatório.

Nunca se enganara com os gigantes, por que se enganara com a explosão no céu? Era o que o jovem repetia esgazeado.

Foi um desconsolo quando os soldados subiram para recolher Gogolonho. Ele, arrastado pelo paço, descrevia a estrela explodindo em milhares de cores nunca vistas. Onde errara? Estava perplexo. No entanto, todo o reino não tinha a menor dúvida — tratava-se de loucura.

Genoveva sentiu uma dor imensa. Como Gogolonho poderia ter imaginado tal coisa? Ele que nunca se enganara em suas intuições. Pelo menos era o que todos atestaram, incluindo alguns sacerdotes locais que o conheciam desde a infância. Quando voltou a si, pediu que ao menos não executassem o pobre gigante. Invocou as circunstâncias atenuantes e disse que se casaria, imediatamente, com o pretendente escolhido pelo douto conselho. Não perderia nem a data, nem o vestido. Graças à Genoveva, a pena foi comutada para prisão perpétua. Gogolonho só sairia quando já não pudesse mais dançar.

De fato, a estrela, com a qual Gogolonho sonhara, explodiu naquele exato momento em que Genoveva dizia seus votos, mas sua luz estupenda só seria vista no planeta dois dias depois.

O prisioneiro não poderia viver depois do ocorrido, teria de desaparecer para não levar desconforto à moral, aos bons costumes e à nova realeza. Sem contar os problemas que os hermeneutas e a oposição encontrariam no flagrante da lei imprecisa. Era melhor que desaparecesse. Genoveva, que era então esposa obediente e graciosa, convertida pela experiência, foi informada, com saudade e alívio, que Gogolonho, depois de libertado, partira são, salvo e em paz.

Menininha

Ela ia caindo, caindo, caindo... solta no ar. Como nunca caíra, não sabia como cair. Sabia que era, de certa forma, perder a beleza, a integridade. Mas agora, na inexatidão do vento, perplexa, sabia. Ia sentindo o vento balouçá-la como uma canção de ninar que a levava ao sono.

O sono era aquela coisa desconhecida de que ouvira falar, quando ainda se distraía com as valsas, as borboletas e a estratégia do dia. Como as outras que, lá em cima, cumpriam o trabalho atlântico que lhes cabia ainda agora.

Agora, estavam também um pouco apiedadas com a sua queda sem inscrição. Como se a queda não lhes pertencesse. Não por bondade, mas porque ter piedade nos cerca de certa beleza, nos protege do olhar que olha para dentro.

Dentro estava tudo — a boa operária, que nunca acordava tarde, que não tinha febre e não quis ter filhos —, só uma abelha fazendo açúcar para a corte de uma rainha cruel. Marta e Maria, sal e água da terra verde, vermelha e violeta. Nada disso importava agora.

Agora era a hora de cair. Sabia que cair era o fim do trabalho, a sensação de ter esquecido algo, de não ter trancado a porta. Cair era, sobretudo, não saber por que caía.

Caía sem culpa porque guardara todos os domingos, aceitara todos os regimes — sem adicional noturno, sem espreguiçar com a manhã a vida que respirava, sem ter voado de férias para o fundo do ocaso.

Do ocaso, feito às cambalhotas, em volutas, mesmo que ainda fizesse inveja aos morangos e aos tesouros escondidos, queria sair correndo para entrelaçar-se às outras, como crianças agarram-se às mães por medo do abandono — ela que não tinha mãe, só tinha as outras.

As outras, lá em cima, embora sozinhas, estavam em casa boiando de gordurinha para cima, hidratadas de luz, distantes do seu golpe que insistia, sem volta, como a voz das avós que morreram deixando órfãos.

Órfãos eram seus dias passados, que, apagados nas ondas bêbadas, depois da revolta, abaulavam-se de novo, côncavas e tímidas como os filhos do meio. Tímidas como ela, que, ao compreender o silêncio de cada madrugada, fez-lhe companhia. Tudo, sem dizer qualquer nome em vão.

Vão era o sinal da cruz três vezes repetido pelos vaga-lumes que, bem-intencionados, envolviam seu desmaio desprevenido, de pés descalços, no meio do turno da menina mudinha.

Mudinha, do nó desenrolado, foi, mesmo assim, posta para dormir mais cedo, sem as outras, que, no meio da brincadeira, nem ligaram que fosse se deitar na pior das solidões. Ia embora com o choro na garganta de quem não se despediu e levando delas só a asinha quebrada tentando flutuar. Dela, só ficou um leve vazio que não chegaria a tocar-lhes o coração nem perturbar as festas pagãs em cima dos seus limbos. Continuariam a servir ao caos para sempre insatisfeito.

Ia caindo... caindo, e lá embaixo a dureza roxa era uma imensidão. De repente, parou. Logo os pequenos seres arrastaram-na, a fim de esquartejá-la sob a terra fria.

Pulverização

Todos os objetos do mundo são meus, e todos eles estão contra mim. Posso lhe garantir que isso é um problema. Chamo-os todos pelos nomes que aprendi à beira do abismo. Os inimigos sempre se dizem a verdade. Só os traidores mentem. Ontem visitei os espaços, e eles não eram frios. Ela sim é fria. Tão fria quanto bonita. Tão fria e bonita quanto a Grace Kelly vestida de qualquer cor. Dizem que ela quebrou o Copacabana. Você sabe disso? A minha mulher jamais quebraria o Copacabana.

Casei-me para ser um homem de verdade, para poder ter filhos e não morrer sozinho. Não tenho filhos e já estou sozinho faz muito tempo. Por que esse olhar de pena? Quando eu morrer, os anjos cantarão. Não se preocupe. Embora ninguém tenha notado, por ser um segredo do céu, sou o rei Davi. Não, eu sou melhor. Eu sou o rei Salomão sem a sua derrocada. Eu construí o templo que ela quis derrubar com suas mãos transparentes andando na ponta dos pés. Alguém teve de impedi-la.

Sinto o voo dos carros, dos ônibus, dos caminhões ao redor dos meus ouvidos. Contam-me que não estou sozinho de verdade, ao contrário, estou acompanhado por uma metafísica grossa e por um moralismo espaçoso, glutão. Onde estão os iconoclastas? Você me diz que tudo virou bondade. Hoje, a voz do mundo ruge, cerceia e engana, mas haverá um tempo sem jogos.

Acho que não posso continuar. O homem se cansa tão fácil quanto os leões. Só que o homem é um leão perseguido pela umidade da terra. Viver é preciso?

Tenho de me ajoelhar e rezar. Aqui mesmo. Não por medo, mas por obrigação. Eu sou do tamanho dos óvulos do infinito, e esse é o tamanho da minha responsabilidade. Não finja que não entende. Você entende. Só que você se automedica. Tudo depende de uma linha reta; tudo depende de ela não estar por perto; de eu não deixar você vir tomar um ar na minha cabeça.

Alguém passou e me negou um cigarro. Como alguém pode negar um cigarro? Negam-me cigarros.

Não quero mais ser quem sou, o rei Salomão sem seus pecados tardios. Não quero ter de decidir neste mundo. Minha deixa será para quando todas as coisas se resolverem. Por isso estou aqui ajoelhado de frente para uma parede branca. Rezo para não ter de fazer nada. Minha coluna acompanha a inclinação do muro porque sou o obediente — o porco que não quis ser rei. Tudo dói menos do que ela, até o mundo. Você pode vê-la de vestido cinza? Ela não fala mesmo. Ainda assim, pesa no meu bolso e nos meus pecados. Peco mil vezes por dia só por causa dela. Dela e do seu silêncio de vidro.

Sei que, enquanto rezo, não deveria pensar essas coisas. Não deveria pensar em coisa nenhuma, senão na luz. No entanto, penso até a náusea, e penso com o verbo porque sou judeu, cristão, árabe. Penso feio. Sou um grego vivendo neste urbanismo que sequer foi improvisado; nesta coisa cuspida pelas trombetas do inferno cobrando seus ativos. Exagero? Pois é, quem diria que o porco é melhor que o mundo?

Não vou deixar que você me siga. Vou sair correndo. Deixá-lo aqui jogado, público, para que vejam como é feio com seus dentes amarelos e sua cabeleira constrangedora, suada e rouca. Consigo deixá-lo porque sou um rei limpo. É mais difícil terminar um pai-nosso do que começá-lo.

Onde estava mesmo? Sim, meu pai era calado e pederasta. Ninguém sabia, mas eu sabia. A vida é essa desatenção. Não a minha. A minha vida domino-a inteira, desde que ela não me ponha aqueles olhos gelados. Esta rua parece menor hoje. Você percebeu? Você é obsessivo. Você conta as horas nas séries do sino. O padre também sabe.

Como ateu? Ateu não existe. Não conhece física, não conhece os tamanhos do mundo? Pelo amor de Deus. Estão todos de olhos fechados e com preguiça. Não, na verdade, não gostam, é isso. Ver é uma questão de gosto. Nem é um caso de preguiça. Ninguém decide ser cafona.

Fiquei muito impressionado com a devoção daquela criatura se tombando com a parede. Faz aquilo para o mundo continuar sem sentido. Você jamais entenderia amor algum. Você está de férias.

Não vamos para casa agora, vamos voltar lá. Você só quer adiar a consciência. Não reclame. Subir é melhor que descer do ponto de vista dos joelhos. Sim, joelhos têm ponto de vista. Os seus têm estado putos porque você esquece a coluna de qualquer jeito. Seus joelhos são aristotélicos, mas você é um porco. Um porco que ama. Ama nada. Você é só um porco mesmo.

Que você acha que aconteceu? O tipo não está mais lá. A coisa acabou ou alguém o impediu de se ajoelhar ali. Não se pode amar a Deus em qualquer lugar. Foi isso. Por que você fala tanto de Deus? Essa pergunta não faz sentido.

Eu sou melhor do que você. Voltarei para casa rápido como a lagartixa escorrega pelas fachadas e pelos muros. Só precisarei esticar a língua para pegá-la distraída. Ouviu o sino? Faça alguma coisa. Você não faz nada. Por isso eu vou chegar primeiro.

Começo a desejar coisas — é assim que se vira gente. Entende? Você não entende nada. Você cospe em tudo. Ela venceu porque você só gosta de beber mesmo. Mas tudo me será recompensado.

Feche essa fresta por onde a voz do mundo deixa de ser mentira. Você não toma cuidado. Por sua causa, aquela mulher pode me esmagar com seu silêncio de abade. Você me enfraquece do lado de fora e do lado de dentro. Você deu errado. Você nem gosta da Grace Kelly. Você não gosta de nada.

Eu só quero cair na varanda bêbado. Este porco que ama e não é amado. Está com pena de si mesmo? Não. Mesmo sem me amar, ela me segue pelo tempo. A mim que não sei para onde estou indo. Alguém no mundo deve saber para onde está indo. Mas eu não. O problema é onde estou. Não sei onde vai dar toda essa poluição sonora e a imaturidade dos homens. Elas me deformam. Doem como uma agulha ferrando o vinil, faixa a faixa, até o selo. O vinil preferido de um colecionador neurótico, riscado de giz. Se eu que sou o porco sofro assim, como sofrem os inocentes?

Quero só cair bêbado na varanda. É pedir muito? Ela acha que é. Ela tem um jeito de achar as coisas. Por que ela não pergunta nada nunca? Que é que ela sabe? Que é que ela quer saber?

Queria ser democrático como as putas e as pulgas. Só que eu não sou. Sei onde deixei todas as coisas. Nunca cheguei atrasado. Nunca fui à casa de ninguém. Nunca engordei. Não quero problemas. Agora sei que é você de novo.

Viu como fizemos tudo rápido? Já chegamos, apesar de você não estar bem. Você vai entrar ou vai fumar um cigarro aqui fora? Sim, sempre toco a campainha porque ela não me dá as chaves. Eu não mereço as chaves também. Eu mereço sopa. Que mulher infeliz é essa que só come sopa?

Vê o que você fez? Por que não ficou para abrir a porta? Agora ela vai nos receber com aquela infelicidade crônica, muda e roxa. Vai atender à campainha porque obedece à lei. Ela e seus papéis organizados com desprezo e diligência. Não queria ter de falar com ela. Você sempre me causa problemas.

Não se come sopa. Sopa se toma. Você é estúpido, você me envergonha. Não sei por que deixei você vir. Pare de me colocar contra ela. De fato, ela não reclama. Ela é a única pessoa no mundo que vai morrer sem reclamar. Tudo que faz, faz em silêncio. Acusa, condena e executa, mas só com a respiração presa, com um jeito de descer a boca e subir os olhos. Má e cheia de papéis. Você é que faz muito barulho. Por isso ela quis que fosse embora.

Olhe ali pela janela. Ela não vem abrir. Terei de pular o muro e pegar a chave embaixo do tapete. Não sou de reclamar como você para não correr o risco de sabotar a vida. Vamos pular e pronto.

Depois de um tempo, esnobe no sofá, ela se lembra da sopa. Insiste como se alguém pudesse ouvir sua dedicação. Ficamos os dois, quase sem falar, durante anos. Ela finge que não bebe e eu finjo que não sei. Sei que não sou bem-vindo. É como se não morasse aqui. Por que é que ela fica? Se eu não sirvo para nada, ela deveria ir embora. Posso colocá-la na rua. Posso matá-la, como sonhei um dia. Mas isso seria um clichê. Já se ela saísse do meio de uma euforia para o silêncio do suicídio... por outro lado, não teria consistência. Ela nunca melhoraria para piorar. Pode esquecer. Nada neste mundo nem fora dele vai fazê-la desistir. Da próxima vez, ela me mata.

Ela não sabe mesmo que eu só quero cair bêbado na varanda? Só me resta lutar com ela. Vou ficar aqui, invisível como ela, mais transparente que as asas da libélula. Não vou dormir, nem cair na varanda. Vou dividir o desprezo como quem divide o pão da Santa Ceia. Não deixarei o porco perder em meu nome. Sou o centro do mundo. Quero ver quanto tempo ela aguenta contra o centro do mundo. Em quem você aposta?

Ela e os documentos estão lá, agora, bebendo sozinhos. Se você pensa que, quando pularmos o muro, vamos surpreendê-la fechando uma gaveta, uma torneira ou um pote, está enganado. Ela é que vai nos surpreender. Não faça barulho, não derrube os vasos. Ela quer me humilhar desde a entrada. Ela sabe que eu não consigo nem mesmo enfiar a chave. Por isso me despejou no bueiro, porque cansou de abrir a porta. Você é louco.

Os papéis, a indiferença, a paciência e o tempo — tudo contra mim.

Você abdicou. Não se lembra? Deixou tudo. Disse que podia. Por que reclama? Você reclama demais.

Eu perdi quando pulei o muro. Faz tanto tempo! Você se lembra do nome dela? Eu disse para você não pular junto. Sabia que ela se assustaria. Ela e a sua lei. Perdi porque você lhe deu argumentos. Você não perdeu nada. Não pode entrar, é verdade. Por outro lado, onde ficou o templo? Não faça drama, é só mais uma história triste. Você foi só mais um bêbado que se esqueceu de tomar remédio. Finja que esta esquina é uma varanda. Não fale mais nisso. Está tudo bem. Ela é obrigada a vê-lo em todo canto. Lá, você é um fantasma. Já o porco, veja, nem se lembra do maldito nome.

Família disfuncional

Quando começaram as chuvas, morreu mãe de tuaña. tuaña não ficou em paz. perigoso pra tuaña, não deixá mãe ir. morto fica querendo vivo. vivo num pode querê morto. vivo tem de vivê. filho de mãe morta tem de honrá funeral, respeitá luto, deixá assentá dor igual cresce roça, não dá mergulho de gavião. tristeza pelo morto pode durá, mas tem limite. vida espera, mas não pra sempre. pai tuaña era amigo meu. morreu faz muito tempo. tuaña ficô sem pai, sem mãe. só ficô yupiá, depois que mãe morreu.

tuaña gostava muito de yúpiá. cresceu mesma oca. jogava bola, nadava rio. tudo que criança precisa fazê, fazia junto. yupyá cuidava tuaña. acordava ele — tuaña dormia muito. depois de grande, yupiá fazia trabalho dele, escondia coisa errada, separava briga. tuaña mais bravo que jaguapiara com razão. tuaña mais yupiá muito coração junto no mesmo caminho. um, desrespeitoso; outro, com respeito — não importa — problema deixá próprio caminho pelo de outro.

depois luto tuaña, werapí saiu reclusão. yupiá botô olho em werapí, esqueceu tudo. werapí ficô mulher bonita, com brilho assim, por cima, igual plumagem da ziúga, parecendo véu cristão. ziúga tem cor grande mãe do céu. canto ziúga muito bonito. canto de festa. casamento. criança. yupyá deu flor para werápi, ela gostô. tuaña não. ficô triste. tuanã num sabe sê triste. tem quem sabe. se não sabe, parece, com silêncio.

werapí boa mulher. bonita como ziúga, inteligente como água. por isso yupyá mudô. amansou corpo e espírito. via pouco tuaña.

tuaña ficô pra lá, pra cá. num queria sê branco, num queria sê índio. começou i cidade, bebê — até dormia cidade. até falava com rendeiro, garimpo. tem índio que faz garimpo. pobreza faz de um tudo. mas aqui, ninguém num precisa. tuaña, diferente, galho estranho da ninhada. num fazia reza, num dançava. sumia mata. eu pedi luz pra o grande espírito. tive pensamento de pedi yupyá fala com tuanã.

yupyá falô tuaña. prometeu vê mais tuaña. levá pra ficá mais ele com werapí. tuaña ficô curado. parou de i cidade... dormia direito... comia direito... trabalhava direito. ficava mais yupyá , caçando... pescando... depois, ia junto de yupiá quando ia namorá werapí. ela não gostô. namorada prefere ficá sozinha mais namorado. yupyá num quis perdê werapí. deixô tuaña de novo.

dessa vez, tuaña ficô diferente. num bebia, num ia cidade, num caçava, num conversava, nem brigava. esqueceu vida de novo. ficava parado que nem jacaré no sol. ficava aldeia sozinho. deitado. de olho nos dois. yupiá falava com ele, ele não respondia.

werapí ficô doente. espírito mau encostô aldeia nossa. todos parentes pensaram: tuanã fez feitiçô. só que depois, tuaña adoeceu também. certeza nada tem. yupyá ficô triste. perdeu paz. medo perdê os dois.

doença pegô forte eles. espírito mau queria levá. foi muito sacrifício cuidá tuaña mais werapí. fumei muita uketá, rezei muito pra o bom espírito dá visão da cura. vê melhor, vê dentro. muito tempo depois, melhoraram. foi quando yupyá começô segunda mudança. disse que sonhava muito bonito. ficô pensativo. pensando muito de virar pajé. pediu pra eu ensiná pajelança. yupiá era bom de sê pajé. jeito certo de entrá caminho do outro. pajelança num é fácil não, precisa deixá tudo, eu falei yupyá. cuidá corpo, mente, espírito aldeia toda. conhecê caminho do céu. reconhecê espírito mau que adoece, ouvi planta que cura. precisa chocá sabedoria que nem ovo. yupyá quis mesmo assim. pra curá doença parente, pedi proteção aldeia, floresta. olhá tudo. eu fui escutá espírito. pajé escuta espírito, obedece. espírito falô na fumaça, yupyá bom pajé. trabalhador. forte. inteligente.

preparação de pajé difícil. coisa muito séria. pajé tem de vê o certo, o ruim. muito sacrifício virá pajé. num pode banho. num pode comida. num pode bebida. precisa ficá puro. pajé num pode errá.

eu avisei yupyá: tem que deixá tudo. mas ele se conhecia. yupiá dançava com a terra, com o vento. entendia temperamento da floresta. eu aceitei fazê caminho do lado de yupiá. yupiá foi bom aluno e bom amigo.

tuaña ficô muito zangado. melhorô corpo, mas piorô cabeça. começô arrancá coisa da roça. entrava muito floresta sem permissão. pintava cara sem necessidade. roubô roupa parente. ninguém viu ele fazê. mas aldeia toda sabia.

cacique expulsô tuaña aldeia. dia expulsão, eu deixei yupiá com os espíritos na uketá e vim falá tuaña. tuaña, você num merece vivê aldeia, você fala muito, arruaça parente, num procura reza, implica até criança brincando, num respeita velho. você ficô grande preguiçoso, nem caçá você caça mais.

então, eu vi o espírito ruim no olho de tuaña, duro igual pedra. mas eu não tive medo. porque rezo muito pra tê força contra maldade. tuaña entrô pro fundo da mata, entrô sem pedi. eu vi a escuridão levá tuaña.

mas tuaña num foi. ficô escondido. botando olho aldeia. espírito ruim ajudô tuaña yupiá ficô virando pajé, tuaña ficô virando jaguapiara.

só eu falava yupyá. yupyá limpando sujeira do corpo. só fumaça da uketá. yupyá observando sabedoria dos espíritos. aprendendo caminho da cura e do céu.

uma noite, funda de silêncio, só o canto da yatzin...

(yatzin era uma índia muito bonita do meu povo. lá atrás, logo depois que kutsuamí criô mundo, deixô kuarapimim, neto do sol, morá na serra do tutuaí. kuarapimim viu yatzin no rio, quis namorá. outro dia, yatzsin contô irmã. irmã espalhô segredo aldeia toda. noivo de yatzin quebrô compromisso. yatzin aguentô aldeia falá mal, ri, apontá. ficô fechada. só ia rio sem gente. ficava sozinha na oca. depois de oito luas, regra de yatzin não veio. barriga começô cresce, enjoá. uma madrugada, foi rio e rasgou ventre de fora a fora.

kuarapimim adoeceu aldeia, e transformô yatzin grande ave da noite. canto yatzin mais bonito do tzuaruçú inteiro. canto da yatzin avisa traição parente.

naquela noite, yatzin cantô sozinha.

aldeia ouviu grito alto. cacique, pajé, mulher, criança. todo mundo correu oca de werapí. werapí tinha desaparecido. menino pequeno falô que viu jaguapiara levá werapí. aldeia toda foi procurá. de manhã, acharam werapí. muito sangue. sem cabeça. tirei yupyá reclusão. yupyá num quis acreditá. ninguém quis. eu sabia que jaguapiara era tuaña.

passô muito tempo. uns dois anos. yupyá casô irmã de werapí — tzumá. ficô bom pajé, teve duas criança pequena. curô muita gente.

um dia, yupyá saiu mata sozinho. ninguém viu. só filho de tzumá viu pai. se eu visse, sabia: yupyá foi procurá tuaña. espírito mau voltô aldeia. era tuaña chamando seu amigo.

yupyá andô floresta toda, procurando, procurando. filho de tzumá, escondido, seguia pai. todo lugar seguia pai. daquela vez, yupiá esqueceu disso. era pra ser assim. será?

embaixo grande samaúma, yupyá encontrõ yuaña — pele pintada. olhar fixo. rodeando. falô perto: tuaña, sô eu, seu amigo yupyá. vim falá você, sozinho.

o menino teve pavor pai falá com jaguapiara do ladinho. gritô pai.

jaguapiara viu filho tzumá, pulô nele, arrancô cabeça pequena e sumiu. yupiá nem viu direito, mas adoeceu na hora.

voltô mudo. foi pro colo da mulher. tzumá quis morrer, quis matá. yupiá ficô calado todo tempo. deixô pajelança... ficava sozinho... pegô febrão... num comia. num dormia. tzumá queria vingança, revirava o olho. cada um é do jeito que é. diferente só vigiando coração, pensamento. muito difícil.

uns tempos depois, tzumá viu marido comendo paca crua. esturrando baixinho. afastado aldeia. tzumá agradeceu feitiço. depois, ficô olhando, alegre, yúpya entrá mata pra arrancá cabeça de tuaña.

Cérbero

O caso é curto, como curta é a vida das rochas que os segundos sopram por cima das terras e das águas. A conclusão é definitiva, como definitivo é o fim do amor, o dia da demissão, o alfinete que prega a borboleta no quadro de curiosidades. Ela sente como os rios se acomodam nos leitos. A dor independe da compreensão. Por isso, narro dor para a dor, a fim de que ouça estas palavras inexatas e reconheça a si mesma como soberana do mundo.

Feito o chamamento à lide, inicio a instrução. Noite. Estrelas acenam como velhas cicatrizes no firmamento. Faz mais de seis horas que a abóboda desceu sua melena em luto. Cá embaixo, num mundo de tanto amor, uma mulher anda sem par. Volta à casa para se esconder, para morrer no álcool até o dia seguinte, que, amanhecido só para suas penitências, ofereceria sua carne para o desjejum do tempo.

A rua, desocupada, ainda a acompanhava quando viu um homem e uma mulher, um pouco depois, brincando de amor. O amor subia por seus pés, pernas, indo até os lábios — lá, sorria. Escorregava de novo ao ventre e, tremendo, voltava à boca para o desafio. Era só o fogo, nem grego nem troiano, modesto como o agora.

Sem perceber, levada pela correnteza, foi parar naqueles dias de suplício. Como tinha conseguido olhá-lo enquanto morria? Como é que se olha para alguém que está morrendo? Como para a flor que amolecida mancha debaixo das unhas, como para uma boneca sem cabeça? Com medo? Para onde fora a compaixão? Aquela que o segurava inteiro, na palma da mão magoada, ainda vivo. Para onde vai a compaixão quando tudo acaba?

Lá, do fim da rua, ele despontou como um titã. Vindo dos buracos infinitos e das mortes súbitas, crescia a cada passo do seu pelo acinzentado, dos seus olhos vivos, da sua baba colando a língua sem decoro. Quem era aquele cão assíduo como as noites? O que é que seus passos, tão bem divididos, marcavam? Seria Cérbero, de sentinela, a guardar os infernos que, recém-chegados à terra, foram morar naquela rua? Ela se lembrava do dia em que as caixas empoeiradas chegaram entre cascos e chifres; do ranger dos ossos e do tremor da terra, quando o sacrifício da corça ainda cheirava nas paredes do quarto em que fora abatida.

Não deveria demonstrar medo — era esse o conselho? Que fazia esse conselho anônimo atravessando seu caminho? Nada podia ele contra o grande cão que era, agora tinha certeza, ele próprio, o medo e o caminho.

Teria sido sempre assim? Não, não fora sempre assim. Um dia, sonhara, junto do morto, a verdade e o sentido. Foi quando se arriscaram em parques, igrejas e escolas; quando esfolaram seus joelhos e tomaram muito sol; quando guardaram o mundo e sua alegria numa caixinha dentro do quarto. Que mais podia faltar?

Logo depois, talvez sem culpa, perderam a aposta. Não sabia se porque, percebendo que sonhavam, deixaram de sonhar, ou se, com os joelhos fincados nas paisagens do cão, tentaram sonhar, mas não conseguiram. Não sabia se quem lhe contara o milagre, esquecera-se de advertir sobre a pontualidade ou se ela é que nunca estivera mesmo convicta. O fato é que não tinha aprendido a dominar aquela ourivesaria cujas doses proibiam que a prudência dormisse e que o sonho acordasse. O fato é que ele se fora para sempre, arrastado pelos dentes do misterioso cão que simplesmente passa. Ela, que assistira tudo se infectar e desistir, à medida que ia conhecendo o tempo, arrependia-se da eternidade.

Acabou virando moeda de tacho, chacoalhada de ônibus em ônibus, cordeiro imolado tendo de carregar, a pé, sua cruz. Nada mais importava. Não apresentaria resistência, que viesse o cão resvalar o hálito na sua perna fria; que viesse constranger, com a sua ronda, quem já não sabia mais nada, quem já tinha perdido tudo.

A criatura, cavalgada por mil serpentes, ignorou-a por completo. Marchou por cima daquela renúncia quase histérica que, embora quebrasse pedras e matasse touros à unha, tinha vontade de olhar para cima. Era a covardia e a preguiça que lhe baixavam a cabeça. Tanto melhor. O monstro seguiu a confundir a fé e a procurar desordem com suas longas barbas de família. Passou apenas para lembrar que passa, que fareja nos corpos, um a um, uma imensa pilha, capaz de cobrir as estrelas do passado e fazer sombra às do futuro; uma floresta inteira para queimar com fósforo e gasolina.

Do outro lado da rua, ela o viu meter seu focinho no meio do casal que brincava. E porque ele quis, pararam de brincar. A namorada pensou seu propósito — mostrou-se frágil e inocente como uma criança, coisa toda dele e de mais ninguém. Miou um medo que não era medo para saltar no colo do namorado, obrigando-o assim a assinar o nome da espécie e enfrentar Cérbero.

O cão, frio como as lápides, quase riu daquelas canelas e daqueles braços tolos, tenros de imprudência. Não precisava que lhe adivinhassem o segredo. Tudo já era escárnio naquelas calçadas quebradas, naquelas casas sem tinta e sem proporção. Aqueles eram os seus domínios, que, esquecidos da bênção dos deuses e da intuição dos sábios, serviam aos desejos, ao desespero e aos estelionatos. Nenhum Orpheu poderia dar àquela falta de nobreza qualquer nota de graça.

Já distante, a mulher ainda podia vê-lo saindo fora do casal. Com as mãos nos bolsos, sequestrada pelo frio repulsivo, continuou enrolando-se na malha de ferro que ele incensara, com enxofre e dúvida, pelo caminho. Tudo era fome e consenso, naquela rua com menos portas e janelas do que dispunha o inferno em seu antigo endereço. Tudo era escuro naquele túnel piscando uma luz de emergência bem no meio do nada. Mais uma noite, ela o testemunhara arrastando sólidos, líquidos e gasosos para lhes dar fim bem no meio da rua. Até as estrelas mentiam no seu turno. Os rastros, como sempre, ele os acobertaria, com um pouco de chuva e de sabão.

Quanto mais ela se aproximava de casa, mais alto a saudade lhe contava suas histórias impossíveis. A Lua, no fim do seu olhar devolvido, cobrava-lhe. Talvez Deus lhe houvesse dado aqueles dias, sem saída de incêndio, sem cordas com as quais atravessar a maior distância entre dois pontos, a fim de que aprendesse a sinceridade. Ela, porém, não aceitava aquela nova aliança. Praticamente com a chave na fechadura, ainda ouvia, bem baixinho, sem fazer sombra, a boca do cão sussurrando no seu calcanhar.

Achadas e perdidas

Todas as mulheres querem se casar, mas ela queria mais. Tinha um lar bem decorado e infeliz. A mãe era como uma adolescente virgem, penteada de rosa, com 42 anos e um namorado de 16. O pai fumava maconha e trabalhava muito. Por mais paradoxal que isso pareça, não é tanto quanto o seu temperamento, ora muito gentil, ora animalesco. Pagava caro por uma mulher e duas filhas, sem nunca se sentir em casa, bem no meio dos Jardins. Por isso, tinha de se domiciliar na cama de uma amante qualquer. Uma vez, saiu arrastando a filha pela rua dos armazéns, onde ambos trabalhavam, perguntando, aos berros, quem era o pai daquilo que ela carregava na barriga. O pai não apareceu porque não estava lá, mas poderia. Tinha seus vinte anos de roupas caras, vida noturna, uma única amiga e a vontade louca de se casar.

A amiga não pensava em se casar, gostava das drogas e da boemia. Tinha uma vida diletante que, se não era difícil, tampouco era fácil. Sabia duas ou três coisas, inclusive conversar com adultos.

Uma, dos Jardins, e a outra, da periferia. Dividiam seus cigarros e uma amizade sincera. Uma educava a outra. Admiravam-se e completavam-se. Não se largavam nunca, desde que se conheceram na faculdade, onde estavam meio perdidas e meio dispostas a se perder. Foi daquelas amizades que começam por um acaso ou por um olhar confiável no meio da indiferença.

Além de serem muito parecidas, também conheceram, como por mágica, o respeito. Não porque não brigassem, ao contrário, estavam sempre discutindo, uma defendendo a outra dos defeitos do mundo. Passavam todas as noites em casas noturnas e todos os dias falando das noites.

Não havia uma mínima disputa. Tudo era fraterno e sólido naquela promiscuidade, naqueles abortos e constrangimentos, naquela diversão de quem não sabe o que está perdendo. Depois, contavam-se tudo, embora às vezes chorassem, no mais das vezes riam. Não ligavam para a reputação. Fora de si mesmas, não tinham nada a perder.

Na verdade, não escondiam nada de ninguém. Uma noite, a primeira saiu com o namorado de uma conhecida, depois de um aborto feito à tarde. Explicou-lhe o caso, avisando que sexo, só se fosse anal, por conta da curetagem. Ele, agradecido, só não pagou no fim do encontro porque sabia que ela não precisava. Com esse não quis casar, mas foi o único.

Na verdade, tinha uma restrição — os estudantes. Dizia que não sabiam trepar e não admitia esse gosto na amiga, que, de fato, caía em qualquer cantada, de qualquer tira-onda que não tivesse ido à escola completamente à toa. Depois era tarde, teria sido enganada por tão pouco que daria até vergonha de reclamar. E justo ela, que não pensava em se casar, se casou. O menino mais bonito da escola — um sujeito bem-nascido, cansado da ignorância das garotinhas gostosas e bem-vestidas do seu convicto celibato. Quase um nobre que gostava de Zeppelin, drogas e Bach. Além de não fazer qualquer juízo sobre sua pobreza.

Por conta do casamento tranquilo, não deixou a amiga solteira nem nas noitadas, nem no divórcio dos pais e nem na falência, que é onde esta história começa.

Depois da humilhação no depósito, e depois do último aborto, seus nervos quiseram vingança. Foi quando o sangue espanhol do pai se voltou contra ele.

Não foi difícil para a menina que tomou remédio e foi abortar na aula de matemática, que limpava as festas para as quais era convidada, que levantava cedo para ir a uma faculdade que nunca terminaria ou para o trabalho, entre os bárbaros e as abóboras, ligar para a polícia e denunciar os 38 gramas de maconha do pai.

Esse erro, menos de caráter do que de cálculo, em dois meses, colocou a família para correr. O pai, cessado o flagrante, perdeu dinheiro por ter perdido a reputação. Com o negócio desandado, cada um tinha de fazer o seu. A mãe e a filha mais novas, que nunca trabalharam, culparam-na. Que segurasse as pontas do fio que ela mesma tinha puxado.

Foi então que ligou para a amiga cujo sono acabara de vencer a cocaína. Queria se prostituir. Não que a amiga se prostituísse, nem que conhecesse o ramo, mas porque conhecia a droga do centro da cidade. Passava muitas noites, entre o Arouche e a Augusta, buscando resolver a baixa de um pó que começara bom nalgum lugar menos desafinado.

Lembrou-lhe de que não era bem assim. Não conhecia as trutinhas, só conhecia as drogas. E mesmo assim, só ia para aqueles lados quando tinha pouco dinheiro e estava com aquela sua amiga bêbada.

— Então ligue para ela.

Nesse caso, o empecilho era justo ela: a moça torta de cachaça, a quem amava tanto, de coragem suicida e olhos bondosos, tinha um recato. Apenas um. Com a mãe pastora evangélica e uma culpa dos diabos, não admitia a prostituição. Se careta, nunca confessaria suas práticas sexuais, ao contrário, costumava pregar lúcida e mal-humorada tudo que fazia ébria, com moralismos que só poderiam convencer a própria embriaguez. Fazia, mas não falava.

Teve de explicar que tudo era imprevisível. Na última visita, encontrara a bêbada, servindo, com uma alegria de Natal, a mãe, o pai e a sua nova amante, grávida de outro homem. Nos gestos, tinha a forte esperança de que o velho notasse o decote da velha e voltasse para casa.

Nem contou que, no outro sofá, o pai bolinava a nora há pouco apresentada; nem que, na penúltima vez, encontrou-a de pulsos rasgados, tomando veneno de rato num copo azul. Era preciso pegá-la chapada, chapada e em casa. Advertiu, contudo, que a chapação tinha limite, que depois de certo ponto, era mais fácil ficar milionária.

Não, não esperaria. E quanto ao moralismo:

— Fale que estou passando fome.

Mas isso não era verdade.

— É verdade sim.

Não era, mas o esgotamento e a consideração fizeram-na jurar que ligaria quando acordasse para valer.

Quando acordou, tentou mais uma vez dissuadi-la. Não porque não quisesse, mas porque sabia da dificuldade de encontrar e de convencer a bêbada. Havia ainda a questão do nariz que não tinha pregado os olhos. A insistência de uma e o cinismo da outra decidiram o impasse.

— Está bem. Mas não vou dirigir.

— Então vou até aí.

Pois tiveram sorte. Lá estava a terceira, bêbada, dócil, pronta para a noite. Contra todas as previsões, um forte senso de solidariedade uniu as três ovelhinhas.

Com as paredes dos pulmões queimando e o céu da boca ferido de éter, a intermediária não foi ao debute. Não iria sóbria também. Mulher casada não pode ser vista à noite, às loucas, num puteiro, nem se estiver de moletom.

Enquanto as duas iam para o futuro, a outra levou seus seios inflamados da face para descansarem, finalmente, na cama, ao lado do marido, que ainda não tinha se tornado um problema.

A empresa foi um sucesso. Afinal de contas, passava fome. No segundo dia, não precisava de mais ninguém; fosse o caso, poderia dar informações. Era uma abissal criatura feita de força e responsabilidade.

A garotinha dos Jardins usava agora seus dois idiomas extras para acompanhar os gringos nos jantares e na cama. Nunca mais voltou a ser a filha do papai que tirava dez em química e matemática, que trabalhava tanto quanto ele nos depósitos, que queria ser juíza, mas acabou por colocá-lo na cadeia.

Passados dois meses, com os bens divididos e as dívidas pagas, a mãe adolescente teve a ideia de morar em Nova York. A escolha não tem nenhuma razão aparente. Nada obsta, no entanto, que suponhamos. Mas não aqui. Aqui não cabem puerilidades. Esta é uma história adulta.

O pai continuou no domicílio que estava, somente que agora respondendo a um processo. As duas deram no pé com o dinheiro do centro e o endereço de um primo que já tinha emigrado havia alguns anos.

A cagoete, recém-diplomada na Augusta, foi se especializar na gringa. Trabalhou tanto que pegou tendinite, mas arranjou um marido. Gringo casa com qualquer coisa. Não que fosse qualquer coisa, longe disso, tinha inteligência vívida e um bom coração. Hoje, vive no país de Gales, casada e com três filhos pequenos — meninos, como queria. Quando pensa na amiga, pensa com o mesmo carinho de antes.

A outra perdeu o marido para uma mulher que lhe deu filhos e não usava drogas. Como não conseguiu se formar, paga o condomínio fazendo legendas para filmes de quarenta minutos. Pensa muito nas duas e continua se drogando até quando Deus deixar.

A bêbada, a torta de cachaça, a quem tanto amava, essa Deus não quis mais deixar ou, vai ver, ela enfim conseguiu. Ninguém sabe direito como se arrebentou no asfalto. A mãe, pastora, tem dito que deixou de pedir ao Senhor que obrasse sobre a filha porque já estavam todos muito cansados; que ninguém mais aguentava o demônio sempre derrubando a menina escada abaixo, tirando-a de casa todos os dias e devolvendo-a várias semanas depois. Mas, principalmente, não aguentavam mais os dois, na cozinha, fazendo o maldito omelete de doze ovos. Foi melhor assim, diz.

Canção do velho mundo

Tua boca sopla na planura i mevas cabras crescem tremolosas. Tua boca é fresca luarada nas açucenas. Tua boca té o trescalo da canela i das flores safeando nos campos. Amado de esta amada, sou convosco porque tuos beijos são mejores que a alegria del vinho.

Tua boca de narcisos que anjos invoca, induve brota meva anima, té unha frenesima que mi vaga e eleva. Tua boca de palavras lhanas, boca que a mi non mentes nunca. Boca de fruitas secretas, més serena que la brisa nas noites das primuoveras. Boca més frumoasa que as aves desafiando o corul dos ventos loitando nel deserto. Boca, afortunada e eterna ri a luz da lua que arrelia as açucenas. Infeliz el' homme d'oeste que não a vê, ó luz, sino o veneno serpioso que distrunhemos para siempre.

Amada, perdona os mals do mundo, de este mundo que tornas belo. Tua boca pintada du rouge adorna las joias més preciosas. Tua boca perfuma las maçãs, honra los narcisos i os anjos. Oferés teu colo à meva faime. É com'unha terra amuqueada nel mar turbulento induve navega este mastro en busca. Sou a mascarinha de esta aventura. Levamos siglos desninhados. Non riposei ni por um instante ata trobar induve riposa teu amor.

Quero los jarros de tua alegria em meva boca. Sono tua casa. Riposa la cabeça induve riposa meu amor.

As palmas de tuas mans estrangulan mevas patellas. Teu corpo, encorvado sobre tus peus convexos, recebe o mio dançando o silêncio. Estou ansioso como quem se empina a uma loita. Estou pleno por trobar o val induve devo depositar meva alegria; induve teus dentes claros como a açucena branca, parecem bella amurada para cidades de oiro. Entre mis dedos desperto tus pelos como a gazela treme al frio. Tuas cabras despertam aos sonidos de meva alegria mais perfuimada que l'altre fruitas nos nossos jardins. Quero jacer meva casa induve soña a alegría.

Corri polas noites, polos delírios i polas sedas azules do leste profondo. Cantas nuit t'sperei gastando o piso de pedra mentre cem velas se cremaran en vano. Esperei teu ritorno, tua lengua cega de vino... cantos óleos i perfumes se desmazelaram por ti?

Perdoneu, amada de este amado, nostras saudades. Teus peus non gastaran las pedras porque de tan leves flotán. Como bálsamo polas tuas coisas perdidas, traigo laúdes i alecrin. Trouxe oiro e plata para que sintam inveja de tu pele morena. Igual que a mariposa, meva vontade volteia tua tenda sota o rocio d'alba. Non me faça mazeloso i triste. Deixai-me intrar.

Arranque meus cabels caedos mentre fomenta o amor. Umbrada por este pórtico marmóreo, estou lista para el sacrificio. Leva-me ao altar on a béstia será coronada. Induve tua casa é meva casa. Forto i rico é o meu amado. Ave Ishtar, en mio ventre desaiado de amor. Tua cama fresca como a grama mojada é o saloon de nostras bodas. Meu descanso só riposa cuando te espera. Beba vinho i mel, amado. Benedito é o seo nome.

Se as estrelas se apagarem, tus ojoes enamorados luminaiam, todavia, a alcova secreta induve riposa a pérola em la cuncha. Com'un cavall estrombarei la fúria das águas para romper a cuncha que riposa no val de gioia infinita. Te voy a matar.

Mil reinas non possuem tua nobreza. Tu coroa, por empresa do meu deseo exasperado, são tuas tranças encharcadas de vinho e mel. Non precisa púrpura para que te reconoçam. Todos os teus vestidos ateiam os ricos tronos dos ricos palácios. Estrombarei las correntes do teu xardin. Te voy a matar. Te voy a matar.

Matáme. Matáme. Porque molto amorosas, tuas mans de assassiño semper gentis para que tranquas os finnis della carne. Teu perfume de narciso calmó meva anima que non és mais meva i que vuela ata perder-se em ti.

La meva estimata hermana, te vou matar . Te vou matar.

Mata-me, meva flor de lotus. O amor é gran como a morte. Matáme, matáme, irmão de esta irmã. Tengo em meva boca os jarros de tua alegria.

Atrás do art nouveau

Atrás de minha casa morava uma sombra. Era uma grande casa esparramando-se em janelas por todos os lados, tingida por um branco cuja castidade perdera-se toda na expressão mortuária do verde e do cinza que o pincel dos dias escorria pelo seu corpo.

Lá fora, diferentes níveis surpreendiam perspectivas onde cresciam murtas e ciprestes que, mesmo acanhados pela decadência de duas gerações, cobriam de frescura solene aquele lugar onde o início do século XX congelara sua competência de ser agradável; onde qualquer um se abandonaria, esquecido pela urgência e pela vida.

Atrás dessa casa, morava uma sombra. Quando o dia morria nos confins da escuridão, ela aparecia. Vinha da fartura das tumbas e do fogo da cruz para atravessar, com seu passo ofídio, os umbrais dos que em sua vida dormiam. Levando na carne a cor agourenta da noite, andava sem fim, sem tropeços, num caminhar atrevido, circense.

Todas as noites, a esperava a fim de vê-la passar e passar e passar. Acreditava que dividíamos a agonia da noite sem destino, quando ela apenas ia se depositando na minha vida inteira — como os abismos que a consciência inscreve no corpo —, inoculando, nos meus nervos, sem querer, o veneno que eu chamaria para sempre de amor.

Não era com coragem que eu ficava, mas com o risco calculado dos heróis e dos egoístas que querem todos os brinquedos da caixa. Como os vagabundos que moram na rua, arrisquei a minha vida naquele pacto insalubre com a noite, já nas primeiras horas da vida, quando ainda não existiam os prejuízos da verdade.

Ficava pelo fantasma, que, vivendo entre chacais e leões, na beira do horror, movia-se leve em sua calada peregrinação — leve como a Lua suspensa no céu e a infinidade de estrelas pronta para cair.

E se nunca me feriu, tampouco gozamos de qualquer estima. Poderia inventar uma memória com o calor e as dimensões de então. Mas, como ninguém há para testemunhar o passado, devo confessar que sua notável presença apenas desconsiderava a minha intromissão. Eu a admirava e ela era o objeto. Casamento morganático. Amor verde que eu tencionava sazonado.

Ainda posso me lembrar da primeira vez que minha fantasmagórica hóspede se voltou para mim. Protegida pelo compacto art nouveau de minha janela e pelo choro, de minha mãe, assombrando o quarto ao lado, ousei acender a luz. Sem forma, sem susto ou ímpeto, ela se virou; talvez por simples respeito àquela que se lhe faltasse não teria vida a minha sombra. Não me arrastou em sua caçada, não transfigurou meu rosto e nem reconheceu a minha cara emotiva. Ainda assim, esbocei um sinal. Iria com ela até as profundezas donde se agitara — a tola submissão dos que amam. Nunca mais o fiz. Compreendi sua discrição. Estava diante de um voo, sem rede, sem pouso, convicto como os justos, mostrando que, ali, solidão não equivaleria jamais a sofrimento.

Noites havia em que sua liberdade a furtava de mim. Em muitas dessas passagens de abandono, ouvi aqueles gritos atormentados, disformes, variados, soltos, verdadeiros. Gritos tão agudos que em sua rápida travessia cortavam o ar brilhando e doendo. Os mesmos gritos que me levaram até a sua máscara medieval desaparecida entre os vãos obsedados por um gozo sem sintomas.

Mesmo que tivesse alguém a quem contar daqueles dias, não poderia — tampouco posso agora. Contudo, desde que o tempo me trancou em casa e foi desenhar nas cinzas as minhas memórias, peguei-me escavando gavetas. E como o homem é o hábito, ainda anoto o estrato, a dureza e o padrão da gema, só que não me ocupo mais dos juízos, do futuro e da felicidade. Sou agora livre como livres são as crianças com seus sóis azuis e suas luas negras.

Foram aquelas noites de vigília que autorizaram o absurdo, tornando toda escolha um enigma, sacudindo a terra sob a metafísica dos meus pés com medo de altura. Noites às quais sempre volto, buscando reaver os sinais daquela besta que, embora despertasse os medos mais ancestrais, parecia trazer alguma ordem à casa deixada pelo pai que passeava nos infernos.

Por mais austera que seja a necessidade, o amor reinventa o tempo — ainda mais aquele que corria no escuro. Portanto, não posso precisá-lo. Sei que se desprendeu de nossas vidas como dinheiro daquele que deve; que correu para o nada, enquanto estive imóvel, noite através de noite; acorrentada àquele estranho encontro. Anêmica, trêmula, sentenciada à sucumbência. Cala-se quando se descobre menor. O amor é esse entendimento.

Pavorosamente, um dia, exibida ao Sol, estava a minha sombra. Os olhos estrangulados, a pele coberta por veste hirsuta, o sangue seco em sua boca arregalada. Materializada pelo toque obsceno da morte. Trazida a meu testemunho, nua, desmascarada. Vendo-a assim, tão improvável, compreendi que a melhor maneira de amar era de lá mesmo, por detrás da janela.

Um dia de praia

Eu disse pro Raulzinho aonde ele queria ir. Ele respondeu que queria ir pra praia. Eu disse que estava chovendo, e ele disse que não fazia mal. Eu disse pra ele que fazia sim, mas eu, nunca nesta vida, ia negar nada pra o Raulzinho. Ele tava tão triste por causa da pipa que rasgou! Tudo para ele era aquela pipa. Ele diz que nunca viu um azul mais azul que o da pipa. Nem o do céu. Era bonito mesmo, até eu empinei a pipa. Fiz uma força danada pro vento não me carregar com a pipa e a lata e tudo. Se precisasse, eu até voava pra não deixar a pipa do Raulzinho ir embora.

Ele tava azul de frio que nem a pipa e mesmo assim quis ir pra praia. O meu avô levou a gente um dia na praia e o Raulzinho nunca mais esqueceu daquele dia. O Raulzinho ficava na beira da água indo e voltando. Quase caía quando voltava. Ele achou que a água fazia cócegas. Ele sentia muita cócega. Ele diz que o cigarro da prima também faz cócegas, mas no nariz. Eu, quando roubo o cigarro da prima ou os meninos me dão, não tenho cócegas. Tem cócega que o Raulzinho gosta. Mas tem umas que ele não gosta não. Depois de ficar tonto na beira do mar, ele se jogava e afundava a cara na areia pra mergulhar. Meu avô levou ele no fundo. Meu avô disse que eu só podia ficar ali na piscininha até ele voltar com o Raulzinho. Mas eu nem ligava de ir depois, porque tinha medo do Raulzinho ficar sozinho mesmo. Eu nunca deixo o Raulzinho sozinho, nem quando eu vou trabalhar, nem quando os meninos me chamam. Não que eu leve o Raulzinho. Eu deixo ele com a minha prima Ângela que casou com meu tio João que é primo do meu pai. Diz que meu tio João é a cara do meu pai que morreu. Meu avô nunca falou do meu pai pra gente, e no tanto que ele fala da mãe, é estranho. Acho que ele não gosta do meu pai. Meu pai morreu antes da minha mãe mudar pra praia. O Raulzinho ficou sabendo que a minha mãe mora na praia esses dias. A minha prima Ângela que falou sem querer. Ela fica muito tempo sozinha em casa porque o meu tio João não gosta dela saindo pra ficar falada. O tio João às vezes chora depois de bater na prima. A prima não chora nunca. Mas ele chora. Depois dorme fazendo muito barulho. É ruim de dormir na cozinha com todo aquele barulho. O Raulzinho também faz barulho quando dorme, mas é um barulho pequenininho. Às vezes ele me chama no meio da noite pra falar que quer fazer xixi e não tá enxergando nada. Eu sempre levanto com toda a paciência pra levar o Raulzinho no banheiro, mesmo se eu tiver trabalhado muito na casa da Neuza, fazendo geladinho quando tá muito quente ou quando os meninos pedem pra eu vigiar as meninas. Eu prefiro vigiar as meninas. A única menina que pede pra gente vigiar os meninos é a Natalie, ela é a mais esperta das meninas tudinho. Mas não interessa, porque, quando ela fica falando alto na rua, ela esquece tudo que a gente contou do Mateusinho e acaba indo atrás dele.

Então eu abri a porta do carro pra ele entrar. Eu vi que o Zoio leva o Marcinho na parte de trás do carro e põe a Luciana na frente. Então eu falei pro Raulzinho sentar atrás porque ele é só um pouquinho maior que o Marcinho. Ele não reclamou porque atrás também tinha janela.

No caminho todo, eu falava com o Raulzinho e ele fazia uhum. Eu só não quis falar do céu porque, além de tá chovendo, não queria que ele lembrasse da pipa. Então eu falava de tudo que a gente ia fazer na praia. Mesmo assim, ele só fazia uhum. Eu sei que ele tava pensando na pipa. Pode ser que ele achava que ia encontrar a minha mãe na praia, mas eu acho que não, porque, se ele achasse isso, ia falar o tempo todo. O Raulzinho fala muito quando uma coisa vai acontecer.

A gente não demorou pra chegar na praia porque não tava engraçado ficar falando sozinha. Nunca vi o Raulzinho com tanto frio. Nem em noite de inverno no colchão da cozinha na casa da minha prima. Quando o meu avô era vivo, a gente tinha uma caminha, mas o tio João vendeu junto com a casa do meu avô. Então agora a gente dorme no colchão que meu tio João comprou.

A gente desceu do carro e andou só um pouquinho no meio das coisas até achar a praia. Engraçado o Raulzinho saber exatamente onde estava a praia. No caminho, eu vi umas quatro coisas que não podia esquecer de pegar na volta.

A gente não podia ficar muito tempo porque eu tinha combinado com a Ruth de cuidar da Joyce. A Joyce tem a bochecha mais gostosa do mundo. Tem muita noite que eu cuido da Joyce para a Ruth trabalhar. Eu ganho cinco reais. Só que não é toda noite, porque esse é o trabalho da Regina. Eu só faço se for dia de baile, porque a Regina gosta muito de dançar.

Em dia de baile, a Joyce demora mais pra dormir. O Raulzinho também. Só que os dois ainda dormem depois. Eu não. Eu só durmo no domingo de noite.

Dia de baile é bom porque a rua fica com cheiro de perfume. As meninas tudo se arrumam e saem dando risada de três em três, às vezes em mais de três. Às vezes elas descem xingando as que vão mais na frente.

Outra coisa ruim do dia de baile é que, mesmo estando na casa da Ruth, eu sei que meu tio vai bater na minha prima, até cansar e chorar. Até ele dormir, ela vai ficar com aquela cara feia que ela não tem nunca. A minha prima Ângela é muito bonita.

Também é ruim que, dia de baile, a Dona Neide chora e grita muito. Fica gritando o nome do filho dela que sumiu e xingando os meninos do Gago, e também a polícia. Grita a maior parte da noite. Então para depois que o marido dela chega da garagem. Seu Osmar. Ele é muito bonzinho. Ele já levou eu e o Raulzinho pra andar de ônibus o dia inteiro. Mas a Dona Neide não gosta de ver ele falando com a gente não. Ela fica xingando o nome do meu pai. Diz a minha prima que quando o Seu Osmar chega, ele dá um remédio pra Dona Neide, e ela fica calma. Eu já perguntei pra minha prima se ela não podia tomar de dia também. Mas não pode.

O Raulzinho ficou contente quando viu a praia. Tava meio rasa porque só choveu metade da noite. Da última vez que a gente viu uma prainha, mais perto de casa, tinha um monte de cordão transparente cheio de bolinha preta boiando na água. Diz a Preta que era girino. A Preta já foi na escola e é mais velha. Então eu acredito na Preta. A Preta nunca me bateu, mas ela bate nas outras meninas. Eu já vi a Preta chutar a Marina no chão até ficar roxo. A Preta disse que vai casar. A Preta não é preta. É que a mãe dela chama ela assim. A Preta é branca até demais. Não gosto. Eu gosto mais assim da minha cor.

Mas lá não tinha girino não. O Raulzinho entrou todo tremendo. Eu não queria entrar, mas nunca nesta vida que eu ia deixar o Raulzinho entrar sozinho. Ainda mais depois que ele perdeu a pipa. Eu, se pudesse, ficava só de mão dada com ele.

Ainda bem que o Raulzinho não lembrava que a outra praia se mexia. Senão acho que ele ia ficar triste. Depois da gente brincar de afundar e pular na água a tarde inteira, eu disse pro Raulzinho que a gente tinha de pegar as coisas pra comer. Ele queria ficar mais. Eu não queria negar nada pra o Raulzinho. Então eu disse que ficava mais um pouco se ele me ajudasse a pegar as coisas depois. Eu tinha visto uma seringa e queria pegar pra gente brincar de hospital. Quando eu falei isso, o Raulzinho esqueceu da praia e foi correndo procurar. A gente achou meia caixa de biscoito doce e umas bananas enquanto procurava a seringa. Era bom porque a minha prima tinha ido viajar com meu tio João, então a gente tava com fome. Pena que tinha um rato bem grande comendo uma parte da penca.

Era tarde, mas não tinha ninguém em casa, então a gente ficou brincando até de noite. O Raulzinho quis brincar de hospital mais uma vez. Mas era pra eu ser a médica. Então eu dei uma injeção nele porque ele falou, quase sem voz, que tava com muito frio. Ele tava muito quente, quando eu pus a mão na testinha dele. Eu pensei que a gente não devia ter saído pra brincar só porque não tinha ninguém em casa. O Raulzinho ficou com preguiça de ir embora e pediu pra deitar no papelão. Eu não quis negar nada pra o Raulzinho e fingi que esqueci da Ruth e da Joyce. Eu também tava cansada e deitei junto.

Quando eu acordei, ele tava geladinho. Eu chamei tanto ele, mas ele não acordou. Então eu vim pra rua procurar alguém pra me ajudar a acordar ele pra gente poder ir pra casa. E o senhor foi a primeira pessoa que eu vi. E lá, nele, que eu tô te levando. O senhor me ajuda?

Troika

Quando o último prego foi batido, faltavam quinze para o meio-dia. Mais cedo, aproveitaram um vizinho que, vendo o caixão, ofereceu-se para adiantar com o padre, com o coveiro e tudo o mais.

Moravam, no ponto mais alto da serra, com uma irmã que herdara, da mãe morta, seus mimos e suas cavalices. Presa naquela vida vazia, às vezes comovia-se consigo mesma, às vezes repudiava sua natureza. Tudo que, na moça, era silêncio e obediência. Nunca falou sobre isso, e os que sabem disso sabem-no agora por conta desta indiscrição.

Já os meninos, como ela os chamava, gostavam de festa, bebida e violão. Nunca estavam em silêncio, a não ser naqueles momentos em que o álcool leva para bem longe. Compravam fiado, confiando no que haveriam de colher. Tinham pouco ou nenhum juízo, mas eram bons de conversa e de coração.

Na madrugada daquele 13 de maio, chegaram à casa antes do galo cantar, porque a noite não tinha sido tão boa. Beber em casa seria, ao menos, mais barato. Assim que entraram, viram a irmã morta. Não porque fosse doente, não porque fosse velha, aliás, era jovem e bonita, como o lírio-branco que parece ter descoberto o segredo da juventude eterna.

Bêbados e cansados, demoraram a entender o que tinha acontecido. Aos poucos, o frio e a manhã se impuseram nos instintos do mais velho, que, sem perder tempo, sem medir o corpo, começou a fazer o caixão.

Enquanto trabalhava, lembrou-se que podia contar com o outro. Acordou o irmão, que, pela segunda vez, tentou entender, perguntando, ao ver o caixão, quem tinha morrido.

O outro, muito bêbado, já cansado e sem paciência, ordenou seco e severo:

— Venha ajudar. Não posso fazer tudo sozinho.

Um cambaleando, outro resmungando, trabalharam entre grunhidos e longos silêncios. A morte, ainda que por simples ofício, calara a cantoria e a vadiagem. O caixão ficou pronto sem nenhum outro pensamento a não ser ele mesmo — a morte como apenas uma tarefa para os vivos.

Quando o Sol já estava no meio do azul, desprezando o silêncio escuro e anônimo da morte, que ali palpitava seu abandono, amarraram o caixão no lombo da mula, entraram em casa para tomar mais água com vinho e se puseram a descer a serra.

Em menos de meia hora de descida e negligente condução do animal, numa passagem estreita, os trabalhos daquela embriaguez que nunca chegava à ressaca cutucaram-nos. A mula pisou numa pedra e quase despencou. Em seu esforço para voltar à estradinha, que era pouco mais que uma lasca no barranco, o caixão abriu. O corpo voou para um lado e a caixa para o outro.

Os dois ficaram olhando angustiados para baixo sem saber o que fazer. Seria terrível a luta para recuperá-lo. Embaixo, havia muitas árvores e o barranco ruim de descer e ruim de subir. Assim permaneceram por um tempo irrecuperável. Foi então que o irmão mais novo participou, pela primeira vez, com uma ideia carnavalesca.

Porque o padre já esperasse desde cedo; fizeram tudo bem rápido e recomeçaram a descida, prisioneiros de uma lucidez que até então desconheciam.

Ao cruzar o perímetro urbano, aquela esbulhada caravana foi logo percebida por boa parte dos que a esperavam com uma honesta compaixão. O padre, quando viu aquilo que não ornava com a severidade da morte, mandou que a carregassem de uma maneira mais cristã.

Obedeceram, embora não tivessem entendido, e se puseram a caminho do cemitério. Alguns rezavam. Um bondoso silêncio crescia pelo modesto cortejo, como se a moça estivesse ali, passando, como o anjo que fora em sua curta vida.

Foi o padre que o interrompeu, já dentro do cemitério, ao fazer uma encomendação tão singela quanto as qualidades da morta. Durou tão somente um minuto, mas debaixo do Sol, impressionaram como um século sem chuva. Ao final, perguntou aos irmãos se queriam abrir caixão para uma última despedida. O mais novo disse que sim. Queria ver a irmã uma vez mais.

Naquele momento, o mais velho, surpreendendo a todos, jogou-se sobre o caixão. Que de jeito nenhum, que não parecia certo, que a irmã não estava mais ali, e sim — disse fazendo o sinal da cruz — nos braços da mãe e da Virgem, onde era o seu lugar. O padre mesmo a encomendara. Suas palavras, sabe-se lá por que, comoveram a todos, menos ao coveiro, que manteve, sem a menor alteração, sua indiferença de médico.

Mas, durante o enterro, não faltou quem pensasse: ingrato, não quis ver a irmã uma última vez, desfeita, como chamasse, era coisa muito feia. Dois ou três não entenderam foi nada, ficaram se perguntando onde seria a pinga.

Terminado o enterro, pagaram ao padre e receberam os pêsames. Junto deles, vieram muitas críticas vestidas de conselhos: agora vocês tomem juízo. Ela vai olhar por vocês, rezem por ela! Não faltou quem falasse até em casamento.

Assim que os dois puderam se desvencilhar de todos, foram embora, na companhia do vizinho da manhã. Os que ficaram diziam que foram beber em casa porque precisava fazer luto à vista de gente.

Sozinhos, o mais velho perguntou:

— Que loucura foi aquela de pedir para abrir o caixão?

— Esqueci.

Imediatamente, pegaram a pá, a enxada e um pequeno pé de ipê, recém-plantado pela irmã. Foram para o barranco procurar o corpo.

Quando começaram a descer, viram a árvore que deixaram marcada na ida. O silêncio no bosque parecia a mana fazendo o café às seis da tarde. Chegaram a sentir o cheiro, chegaram a sentir os olhos verdes da morta, que até então nunca os havia repreendido. Ficaram ainda mais mudos entre os mistérios da morte e um dedo de culpa. Choraram de verdade.

Depois de angustiada procura, encontraram o corpo. Cavaram um buraco mais largo e mais fundo neste segundo enterro. Na sepultura improvisada, plantaram o pé de ipê que trouxeram para marcar o lugar que se tornara santo.

Voltaram, e o barranco, dessa vez, pareceu ter ficado ainda mais inclinado. Chegaram à casa golpeados e dormiram bem rápido. Se olhos os vissem, dir-se-iam com asas, dir-se-iam anjos.

Quando fez um ano da morte, o mais velho quis ver a sepultura. O outro concordou de imediato e acrescentou que seria bom levar velas, que a defunta as queimava muitas, já que em casa eram abundantes porque apagadas desde o último maio.

Às quatro da tarde, o Sol esfriou e eles desceram. Não foi fácil encontrar a sepultura. Se não tivessem plantado o ipê, nunca achariam o túmulo. Acenderam as velas contentes e emocionados por encontrarem tudo direitinho, como se a ordem das coisas retirasse o peso fantasmal que a lucidez trouxera havia um ano. Depois subiram comemorando.

Em casa, comeram alguma coisa, pegaram o violão e foram para fora munidos de cana e matulagem. Foi quando viram um enorme clarão, lá embaixo, nas terras vizinhas, que o mais velho se espantou:

— Com uma seca dessas? ... mas só pode estar louco, esse homem, louco dos pés à cabeça.

Ao que o mais novo replicou:

— Que nada, não é o vizinho não, isso é coisa de caçador. Eles, quando não têm nada para matar, encostam numa árvore, enrolam um cigarrinho, dão uns traguinhos, depois jogam no mato e ó... acontece. Que horror!

Uma justiça especial

À maneira realista (o realismo não é de todo ingênuo), segue um episódio extraído do cotidiano de certo país que, ao contrário da estética anunciada, sabe a um horror fantástico, dirigido por governantes eleitos, em nome do bem comum, a céu aberto, sob a proteção de uma lei muitíssimo bem paga.

Se olhar com atenção, depois daquela ponte dividindo o rio esquecido, poderá ouvir uma corte. Uma justiça especial decide o destino de seus soldados e de seus civis.

— Eu trabalho pros irmão de graça.

— Vai trabalhá de graça mesmo, só que maneta. Pega a faca lá, Friboi.

Estava aberta a sessão de punições daqueles ritos mais sumaríssimos.

Segurando o punho do ladrãozinho, o Friboi friccionava o aço nos seus dedos ainda em formação. O moleque de boca tampada gania. Demorou para conseguir destacar um pedaço porque a lâmina era cega. Era mesmo essa a intenção. Com a lâmina cega, pagava-se de verdade, pagava-se no detalhe.

— Viu, moleque? Roubô na quebrada, fica sem dedo.

— Posso filmá, Urso?

— Que filmá, mano! Tá tirando? As fita errada aí. Ô Poeta, cê falô pra geral que não pode mais essas parada de vídeo?

— Positivo. Se aparecer um, maluco vai perder o globo.

Todos que moram ou trabalham nas áreas dominadas por uma facção criminosa devem obedecer às normas por ela estabelecida. Do contrário, serão julgados por um tribunal de exceção.

— Chega aí, mina. Resolvê os bagulho. Qual que é a fita?

— Essa puta catou meu macho.

— Quem que é o Brad Pitt?

— O Purrinha.

— O carioca?

— Esse mesmo.

— Cê tá tirando nóis? O mano não fecha com mulher nenhuma, mina. Rala daqui. Tamo aqui de bobeira não... e se procurar a ruivinha, vai se vê cum nóis. Ninguém qué os polícia aqui por causa de briga de mulherzinha, não. Certo? Rala. Demorô. Vaza. Vaza.

A acusação pode ser sobre um assassinato não autorizado ou sobre uma traição entre seus integrantes.

Entre as mulheres, é muito comum que a ofendida raspe os cabelos da culpada, corte seu rosto ou a espanque — às vezes, até que a culpada perca a vida.

Na maioria das vezes, aplica-se a pena de morte.

— E aí, Friboi, já lapidô o moleque?

— Tô acabando.

Assim que jogaram as duas na rua, chamaram o próximo caso:

— Aqui, moleque. Cê tá ligado por que cê tá aqui, certo?

— Tô não.

– O negócio aqui é as ideia. Melhor num embaçá. Vamo. Vamo. Nome completo?

Nessas audiências, não existe o direito a ficar calado.

— Alexandre Simões da Conceição.

— Idade?

— Dezenove.

— Quanto tempo cê tá morando aqui?

— Um ano, um ano e meio.

— Quem foi que te mandô pra cá?

— Ninguém não.

— Por que que cê veio pra cá?

— Vim pra casa da minha tia, mãe do Fábio Risadinha.

Os criminosos, ao julgarem seus réus, imitam os procedimentos e parte do jargão que enfrentam contra a ação policial ou o trâmite judiciário.

— Pra quem cê trabalhô aqui?

— Pro Tão e agora tô na biqueira do De Jota.

— Cê tá sabendo que pegaro o Sandro e as droga do Tão?

— Tô sim.

— Os irmão tão sabendo que foi você que campanô aqui. Ficô palmiando geral. A biqueira dos cara, pra xisnová.

— Que isso, irmão? Nada a ver, irmão. Pelo amor de Deus.

— Num mete Deus nessa fita não. Tá tirando, mano? Fala logo as parada pá nóis.

— Tem parada nenhuma não, Urso.

– Não dá de louco não, veio. O Menino falô que cê tava dando oreiada pra uns maluco errado. Não adianta negá.

— Tem isso não, cara.

— Cê tá falando que o Menino é mentiroso?

— Não, irmão. Se viu, não fui eu. Só isso que eu tô falando.

— Que cê ficô xisnovô a parada, nóis já sabe. Nóis agora só qué sabê pra quem cê fez essa fita. Na transparência, na verdade. Quem fala a verdade tem mais oportunidade, certo?

— Certo. Mas eu não tenho nada pra falá.

— Ô Gigante, segura ele aí que eu vou fazê pulá uns dente pra fora. Vai falá ou não vai, mano? Não vai falá? Não?

Começaram as pauladas na cara do novato, que, bem rápido, perdeu os dois olhos dentro da cara inchada. Não demorou muito porque o Urso gostava de bater com pau. Com o Friboi era diferente, porque ele era frio e não tinha pressa. Gostava de serrar as facas, sempre cegas, até o osso do infeliz. De serrar língua, pés, o que desse para arrancar fora sem que a vítima morresse.

Em razão dos custos, não se admite o uso de balas nas execuções. Usa-se faca. As lâminas sem fio são preferíveis às afiadas por impingirem máxima dor à inobservância das regras.

— Quem mandô palmeá aqui? Fala, viado. Quem que é os cara?

— Que cara, mano?

— Posso liberá o moleque?

— Pode. Ô moleque, se roubá na área de novo, não vai sê três dedo não, fio. Rala daqui pra casa, senão vai a língua também. Que nem desse aqui, ó.

— Vô fazê mais não, cara. Pó deixá.

— E você? Que cê acha de ficá sem língua, hein? Ela não sabe falá nada mesmo. Né, não? Melhor colaborá. Olha pra cá, vagabundo. Nóis vai cortá você, filho da puta.

(seguiram-se mais pauladas)

Como o acusado ficasse mudo, puto da vida, o Urso chamou o Friboi para assumir. Era hora de cortar o novato.

Um celular do grupo é usado para registrar todo o rito.

O Friboi nem perguntou nada, já foi cortando o dedo do indivíduo a fim de que a dor trouxesse uma confissão espontânea. Começou pelo polegar. Nunca deixava o pior para depois. Não corria o risco de que uma baixa prematura o obrigasse a parar no meio.

O novato parecia aumentar o silêncio. Desde o primeiro dedo, desenvolveu a única coisa que podia contra aquela sangria — tanto ódio quanto uma mente e um corpo podem suportar sem explodir. Era o ódio que lhe renovava o pulso quando corria o risco de sucumbir.

Com os olhos enfiados nas bochechas e emoldurados pelos hematomas, a vítima mirava fixo o carrasco, aguentou mais três dedos sem confessar, fazendo com que os algozes engolissem o seu direito de ficar calado.

— Põe o cara no molho que eu vô passá a situação.

A sentença de tais julgamentos é decidida numa reunião telefônica encampada por chefes da organização, lotados em vários pontos do país.

— Alô. Então, a parada é o seguinte, entendeu? As conversa dele, normal. Olhamo tudo. No fato, ele tem coisa sim, mas pra falá somente. Já batemo a casa do mano. Já torturamô ele mil grau. Tô mandando um vídeo aí pros irmão vê a situação do vagabundo. Creio que os irmão vão ter uma pegada da visão. Tô enviando.

O alto comando nunca delibera com compaixão.

Quando o comando local desligou o telefone, o Friboi nem perguntou nada. Já sabia que para o crime, bandido bom era bandido morto ou bandido amigo. A questão era: morto como? Recomeçou a serrar o indivíduo com mais criatividade, já que agora era todo seu.

A cada pedaço perdido, mais ódio juntava-se ao peito do mutilado. Era um jogo de resistência e paciência, sem que os demais percebessem a matéria fina do encontro.

Uma lição de moral saiu da boca do Urso:

— Tem de fazê certo. Eu nunca dei mancada. Nunca fiz nada errado. Pra mim, quem faz errado tem de morrê. Nem precisa metê a quinta.

Não era o mesmo para o Friboi, que era paciente e minucioso. Depois de um tempo, quando viu que o infiltrado não falava, resolveu dar um tempo na tortura. Aquele sujeito estava acabando com a sua reputação. Começou a temer as conversas de depois e a sua fama transformada em fraqueza. Não fossem os pedaços que arrancara, postos sob a mesa, nada atestaria seu conhecido poder. À primeira vista, poderia parecer ele, o subjugado, e não o outro. Não conseguiu tirar do torturado sequer um "pelo amor de Deus". A energia do acusado desconsertou-o tanto que resolveu queimar etapas: foi dar de comer ao desgraçado.

Forçava para abrir a boca do novato, que, com seus dentes, tão cerrados quanto sua péssima mordedura permitia, cada vez mais, resistia aos cutucões da faca cega brincando de ser ora batuta ora pé de cabra.

Os carrascos costumam, nos casos de maior insulto, fazer com que o acusado, antes de ser morto, coma pedaços de seu próprio corpo.

No olhar emergido das bochechas espancadas, o brilho do ódio afunilado — não para menos, mas para mais — era o que incomodava o Friboi. Queria meter medo naquele tecido cristalino onde ainda se via o atrevimento de quem vai morrer de qualquer jeito.

Por mais que fizesse, não conseguia um grito que abrisse aquela boca para enfiar abaixo a carne já fria.

Estima-se que existam ao menos quarenta facções no país. Cada qual com suas cortes supremas e suas próprias normas de conduta. Entre elas, ou mesmo no seio de uma fraternidade, há guerras pelo controle de determinadas áreas e negócios bilionários (livre de impostos, diga-se de passagem).

Mas ali era uma batalha pessoalíssima, travada entre o sadismo e o ódio. O duelo, aparentemente descompensado do homem amarrado contra o outro armado, equilibrava-se na intensidade dos seus ânimos.

Nenhum sinal de falência, nenhum choque acometia o torturado, que continuava não só ainda desperto, mas também mudo.

Por fim, foi vencida a paciência do sádico. Não obstante, teve uma ideia capaz de redimir sua desistência. Decidiu terminar a sessão com uma degola especial — tão especial como alguns cortes preferidos que assava, religiosamente, nos churrascos, aos sábados e aos domingos.

Em tal país, gasta-se com o funcionalismo público quase 14% do produto interno bruto. Dentre os funcionários da federação e seus estados, os maiores salários estão no Judiciário, seguidos pelos do Legislativo e das Forças Armadas.

Resolveu continuar a serrar. Todos esperavam que algo acontecesse. O carrasco deixou, porém, os talos das coxas e das panturrilhas a fim de buscar, no pescoço do traidor, o medo que até então ele sonegara. Começou a esfregar o fio cego, com força e dificuldade, no lado esquerdo do pescoço da vítima. Serrava bem na beirada, sem pressa alguma (agora já queria que o condenado se mantivesse vivo). Cara a cara, perto do hálito, sem piscar, olhava o outro com um sorriso forçado, esperando apenas que algum pavor tomasse, por fim, aqueles olhos insolentes — tão insolentes que, mesmo com o novo recurso, já bem avançado, ainda não falavam e nem morriam.

Livre associação

Três tristes tigres tragam tubérculos trigos. Trilham trajetos traçados tortuosos tomados tardios. Trapos teimosos torcidos tontos trêmulos tortos. Testículos tolerantes tolerados transeuntes triviais texturas, talhados tênis trânsitos telefonemas tédios trâmites. Temporários transcorridos tantos terrestres transponíveis tripartidos. Timbrados tracejados tapados tonais tíbios transmissíveis. Taberneiros tropicais tabelados tupiniquins tradicionais tangíveis. Telegráficos territorializados trabalhadores trecos transpirados tipos. Tripulantes trecentésimos terceiros trágicos tributados tolhidos. Travados tombados tornados tragados túmulos terrosos.

Três é o número mínimo de palavras para que se consiga contar algo.

Obediente como cão. Pobre como diabo. Não era branco (não entre brancos). Não era preto (não entre pretos). Não era nada. Irmão da empregada. Dormia no trabalho. Tinha um quarto. Café, almoço, janta. Molhava as plantas. Fazia as compras. Levava as crianças. Buscava as crianças. Acordava às cinco. Deitava às onze.

Nunca leu livros. Nunca ouviu música. Nunca viu filmes. Começou a beber. Viu o capeta. Encontrou com Jesus. Conheceu uma moça. Casou-se no templo. Mudou de casa. Pegava dois ônibus. Acordava mais cedo. Dormia mais cedo. Frequentava os cultos. Teve um filho. Colocou-o na escola. Traiu-o a mulher. Recomeçou a beber. Perdeu a graça. Tomou umas porradas. Perdeu uns dentes. Não quis vingança. O filho quis. Ela não deu. Queria o dinheiro. Trabalhou para eles. Nunca os via. Tudo pela família. Envelheceu na pobreza. Nunca saiu fora. Morreu sem notícias.

Forte como touro. Não era pobre. Não era rico. Estudava, trabalhava, folgava. Todos os dias. Tudo de novo. Fez vários negócios. Um monte de responsabilidade. Empregou muita gente. Demitiu muita gente. Teve muitos filhos. Religiosamente, dava esmolas. Rezava para comer. Rezava para dormir. Deus, família, propriedade. Acabou como abastado. Era como queria. Menos o filho. O filho viado. Drogado e vagabundo. O tempo passou. Internou o filho. Não lia livros. Não via filmes. Não ouvia música. Mas viajava muito. Frequentava restaurantes caros. Sempre fez caridades. Teve três mulheres. Era muito bajulado. Enriqueceu seus sócios. Tudo pela empresa. Esfolou seus funcionários. Não era amado. Não ouvia verdades. Não ouvia nada. Não tinha tempo. Morreu sem saber. Morreu de velhice.

Sorrateiro como rato. Não conhecia leis. Não conhecia arte. Nunca entendeu versos. Nunca ouviu jazz. Não curtia rock. Não curtia Mozart. De samba gostava. Amaldiçoava a tradição. Preferia o Kurosawa. Gostava de fofocas. Sussurrava nos ouvidos. Gostava de fatos. Gostava de dados. Não se conhecia. Estudava o outro. Conhecia o outro. Ria dos religiosos. Endeusava os ateus. Usava os amigos. Gostava de ler. Lia sem entender. Também não sentia. Queria uns trocados. Nunca foi jovem. Nunca foi maduro. Nunca sentiu compaixão. Era um machista. Fingia-se de feminista. Estudou em Londres. Era um escolar. Lecionou estudos culturais. Não conhecia Shakespeare. Morreu de chatice.

Se me perguntassem o que somos no século XXI, eu diria que somos sobretudo antirromânticos. Mas ninguém me perguntou nada.

Uma boa morte

Essa história é do tempo em que as pessoas morriam e as putas eram só putas.

Era muito velho, e dizer isso é dizer que todos os dias fugiram para uma noite sem fim e que a impossível manhã é uma mentira gentil, capaz de chacoalhar as grades e os pulmões soterrados, para lembrar o começo limpo de uma viagem que chegou para morrer na praia.

Era um velho que planejou o futuro, mas o futuro é coisa que não se planeja, nem a Deus ele pertence, é como uma gravidez cujo parto não tem a cara do pai e no qual morreu a mãe. Não leu Sêneca nem Agostinho, gastou-se num carnaval que só acabou no casamento porque, responsável e sovina, não deixaria nenhuma aventura atrapalhar suas finanças. Manteve apenas o hábito do álcool. Colaborou com a seleção permanecendo na existência saudável de três filhos, dos quais cuidou até que pudessem andar sozinhos. Depois, já era tarde e, mais depois, mais tarde ainda, a mulher morreu. Era a flor começando a perder sua simetria.

Quando lhe faltou a mulher, faltou-lhe tudo. Nem sabia que não sabia viver sem ela. Só ela o conhecia, testemunha de toda covardia e de todos os crimes. A cúmplice das obrigações seguras e dos passes livres para o recreio.

Se não fosse tão velho... se houvesse um jeito... Só sabia, mas que era saber agora que o saber era só uma ironia, um bêbado chegando no fim da festa, um naufrágio seguido de morte?

A outra, que também o conhecia, era a sua mãe, aquela que podia negar tudo. Onde estava o remédio das noites de asma e os doces da tarde? Ou não era nada disso; era só um pouco de angústia assanhando o tédio daqueles pensamentos sem qualquer ambição. Memória criativa. Tanto que pensara primeiro na mulher. Poderia ter pensado em todas as outras vidas que tivera. Tanto que nem tinha certeza de uma mãe assim tão boa, tão pura, senão daquela que parecia gostar mais do irmão, mentir para o marido e ter outra família. Surpreendeu-se esquecido de como era sua mãe. Não sobrara nem mesmo um sentimento limpo. Só uma sequência se desorganizando, só um olho furado e outro adormecido.

Não importava, de fato, a sorte do irmão, os amores da mãe ou uma velhice amena. Só queria saber onde foi parar a glória animal e o tônus que fugira até do lóbulo de sua orelha sem Sêneca. Queria saber como fora lotado naquele fim; como caíra naquele deslizamento retardando o caminho, nesse gosto de areia com quem o vazio vinha puxar conversa. Só queria desenterrar a juventude de certas noites, sepultadas vivas, ali mesmo, impossíveis como uma segunda chance. Queria sair correndo dali, voltar bem para trás, ainda que para isso tivesse de esquartejar o velho que vivia.

Os filhos, esses, não sabiam de nada mesmo. Nem dos sacrifícios, nem do reumatismo, nem da gratidão. E assim como o futuro não coube todo nos bancos, também não coube nos filhos que eram seus azarões dos domingos distantes de qualquer método. Se já não eram amigáveis antes, seriam-no menos ainda com um problema de perna quebrada, entulhado na porta da frente.

Mesmo sem saberem de nada, tiveram de, na urgência do acidente e ainda sem a real dimensão da coisa, solucionar o problema. Decidiram que a filha cuidaria do pai tal qual ele merecia. Sairia do hospital direto para aquele quarto no fim do corredor.

Sem demora, toda aquela decadência física e mental foi morar com a filha. Ele passou a ser os barulhos e os cheiros fortes se acumulando nos fundos, fazendo da vida e da morte um monte mais de lixo. Mais contas a pagar, ainda que custeadas pelo próprio hóspede indesejado, pelo intruso que, às vezes, ousava tossir ou abrir a porta.

Privado de tudo, sobrou-lhe o inútil tempo de dentro, crescendo como um buraco sem coelho, onde não estava nem a advocacia e nenhum sonho de garagem. Nenhum amigo, nenhuma carta, nenhuma regra. Sequer tinha certeza de que estava mesmo vivo. Só sabia que estava estirado no chão, abaixo das saudades, pisoteado pelo outro tempo e os seus cavalos. Não demorou para que começasse a desejar simplesmente uma boa morte.

A filha, em menos de um mês, chamou seus irmãos para expor, de novo, o problema ainda com a perna quebrada. O balé da menina, o cursinho do menino e a sua natação impediam-na de dar a atenção que o pai merecia.

Como não se viam com frequência, mais irmãos do que nunca, os três estavam dispostos a tudo, desde que a solução fosse permanente. Qualquer quantia para que guardassem a mobília horrenda cujo pedigree ninguém tinha coragem de descartar.

Não demoraram a decidir que o pai ficaria em sua antiga casa e que Helena a renovaria. Cuidaria de tudo, como toda mulher neolítica a quem a história permitiu ser enfermeira.

Um embrião se formava em segredo. Era a vida voltando como um fígado para trabalhar um pouco mais. Calava a chuva rala sob os seus miasmas para trovejar aquela noite perdida, voltando para rebatizar e encharcar a sua carne impotente. Era o vento trazendo para o seu jardim uma segunda chance.

Não foi ingrato. Não foi econômico. Durante todo o tempo, a observava. Ajoelhado na sua condição de agraciado, cumpria pio sua liturgia. Amava e amava e amava. E quanto se pode dizer do amor, sobretudo os não correspondidos?

Desnecessário dizer como era o milagre, nem seria preciso dizer o nome da santa. Porque a Helena, aqui lembrada e aqui amada, é a Helena de um sonho, irrepreensível — nem se pode dizer que se chamava Helena.

No entanto, foi esse o nome que o velho ouviu. Ele, que já estava surdo ao mundo, via agora música naquela mulher caída no meio do fim. Anjo. Via, sobretudo, o seu velho nome que aquela boquinha de boneca ressuscitava. Boquinha gostosa e doce, cheirando a capim-cidreira. E a melhor parte, boquinha paga não iria embora. O amor mais seguro do mundo. Afinal, não tinha mais idade para se aventurar.

E morreu assim: em cima de seu Rocinante porque sentiu, entre os braços da anônima Helena, o último abraço. Contrário da dor que lhe endurecia o peito, enquanto era socorrido, nem sentiu que morria, sentiu a doçura daqueles peitos macios, macios como fruta madura e fresca.

"Terezinha de Jesus
foi à queda, foi ao
chão; acudiram três
cavaleiros, todos três
chapéu na mão..."

Chore não. Chore não porque homem é como cachaça... depois, quem chora muito enfeia. Flor murcha, ninguém olha, e logo cai. As pétalas escorregam cerrando de vez a história. História que ninguém leu, história apagada. E assim, Terezinha fugiu da servidão. Livrou-se daquele apego. Desapegada, riu de tudo. Conselho ouvido. Sem ganhar ou perder, só riu. Inda achava que encontraria sua cachaça... riu tanto que chamou mandinga de gente enfezada. Coisa braba que falaram. Foi vez que Terezinha não riu. Gente que não ri é perigo.

Bonita não era, mas feia não ficou. Conservou o viço até adiantada. Conselho pegou. A servidão sumiu na estrada atrás do riso e a mandinga sumiu nas coisas... o Sol que se põe, a roupa que seca, o medo que vai, a amiga que chora, a festa de São João.

Não que vez em quando não batesse aquele nada no peito; aquele medo de sumir do mundo. Será que Deus conhece o nada? Mas seguia rindo. E como não murchou, conseguiu pé que a levasse. Viúvo, gentil-homem, veio pra nossa terra fugindo daquele apego. Achou Terezinha, achou um porquê. E ainda teve quem disse:

— Velha num casa não, velha é velha. Velha conta o tempo esperando a morte. Sorte num pega em barra de velha não. Sorte é doença de moço.

Mas Terezinha teve vontade maior que o medo — outra doença de moço. E começou a receber os presentes, porque ia era ter festa grande. Me chamou, fez cara de tranquila e falou no tanto:

— Eu acho que vou morrer.

Meus dentes se abriram da cara pura de Terezinha. E disse pra num agourar não. Eu vou morrer. E quero que você entregue tudo ao noivo. Num calou até eu prometer. Prometi.

No dia do casamento, tava bonita e alegre — grinalda e noivo gostando. O padre fez o trato e foram pra festa. No caminho, aqueles carros abertos, que agora não me alembro o nome, viraram na estrada lisa, sem nenhuma pedrinha. Só Terezinha caiu e bateu a cabeça. Ninguém chegou na festa, mas Terezinha não chegou em casa. O pai, o irmão e o noivo não conseguiram entender como tudo aconteceu. Agora, contando o caso, ouço ainda das tumbas do passado a coisa braba que falaram:

— Casa, mas não vive.

Leopold e Johann

Ao amado Fernando

A solidão fantasia sobre todas as coisas, seja por doença, seja por saúde. Assim nasce o par — da solidão. O um quer ser dois e três e muitos. O par é um descanso, uma força ladeira acima — aquilo sem o qual não haveria nenhuma luz e nenhuma chave. É o par que prepara o ímpar. O que existe é só uma conta inteira: o número de plaquetas, a arquitetura, o tamanho das roupas e os frascos do passado. Tudo se conta para chegar em casa.

Se juntar as coisas é a imitação da existência, inventar uma razão pela qual juntá-las é mais que a própria existência. Sejamos mais que a vida e façamos um trato:

Coloquemo-nos a pensar numa unidade que divida não no mito, não na célula, mas na história. Uma vida que conceba a outra, e a outra que a recrie. Mãe e filho. Terra e Lua. Penúria e expediente.

E como isso se daria?

Suponhamos dois gênios: que o primeiro tenha se revelado, desde a infância, uma criatura feliz, nascida na sua própria rota, sem risco de colisão; abrigada numa família amorosa e disciplinada. Alguém que não sonhou um só dia com a fama, porque desde sempre a terá vivido.

Aos 6 anos, terá composto seus primeiros minuetos, e aos 8, suas primeiras sinfonias. Nada precisará perseguir que já não estivesse no começo de tudo.

De seu temperamento sairá uma criança doce que pergunte, com frequência, aos adultos, se gostam dela, e que chore, caso digam que não. Uma criatura bem pequena que soe como as flores, sempre rindo seus laços e seus botões de festa. Não a criança velha, mas a criança pura e fresca da primavera. Uma criança caída do céu.

Inventemos um fato: apresentando-se numa das cortes, escorregará na frente de todos — como acontece a qualquer criança —, uma princesa irá a seu socorro, e com ela decidirá se casar imediatamente.

Coloquemos um pai a agenciá-lo rumo a um emprego fixo que, a despeito de sua capacidade ideal e infalível, nunca alcançará. Seus desejos de filho, porque é assim que queremos, o condenarão a uma vida adulta de um nome reconhecido e uma reputação duvidosa. O esbanjador se rebelará contra o pai. Melhor será que rompam por divergências nas opiniões. Não há saber sobre a vida. Da vida, só se conhece a experiência.

A criança vai deitar a fama nos jogos, nas mulheres e na noite. Ele, que terá resolvido a claridade e o equilíbrio da música, com seus triângulos, suas esferas e suas cores, será também absorvido pelas sombras avançando sobre o silêncio, nem reto nem curvo, nem preto nem branco.

Por causa de uma infecção generalizada, sob a desrazão das sangrias, morrerá, aos 35 anos, escrevendo, sem rasuras, a sua música. Mesmo com a morte a lhe puxar pelas tripas, continuará eloquente. Sua produção natural parecerá sobrenatural e, ainda assim, perderá a glória para uma vida desregrada, leve, bastante.

Nem os homens e nem a natureza o deixariam ser criança para sempre. Mas Deus sim. Só mesmo Deus para fazer certas coisas.

Sem temermos a incredulidade dos incrédulos, façamos com que suas pequenas asinhas, amigas do Sol, desapareçam, precocemente, no segredo da vala comum, na cidade que tanto amou.

Ao segundo músico, suponhamos um começo muito ruim. Não será feliz nem quando criança. Não dormirá pequeno para acordar gênio. Conhecerá a disciplina sob os humores do álcool porque terá um pai, de pouco amor e muitos enganos; que o queira como era o primeiro; que tenha percebido, no filho, não o prodígio que era, mas o que seria. Um pai que talvez esteja apenas punindo o presente por não ser o futuro.

Essa criança que não conhecerá a fama conhecerá o trabalho; e quando lhe faltar a única coisa que tinha, assumirá a casa, o pai e dois irmãos. Será a criança velha, velha mesmo, uma criança sem verão.

No entanto, o jovem será recompensado. Recompensado, não absolvido. Todo reconhecimento e todo dinheiro não apagarão os traumas. A fama conquistada suspenderá a violência, mas não tardará em devolvê-la. O corpo, antes castigado pelo pai, será então castigado pela má sorte. A fortuna deverá girar nos seus ouvidos, esmagando-lhes nas cordas, levando-os à lona. O mundo, sempre perigoso, perpétuo porão da casa, onde o pai lhe metia para sofrer, fechará as cortinas que ele conquistara abertas.

E embora considere se retirar também da vida, fugirá para o céu aberto das florestas, até o silêncio das coisas sem maldade; ou para as margens das ruas e dos vendedores de bebida. Assim é que vai suportar os labirintos no amor não correspondido e nos nervos depauperados bem debaixo das orelhas.

Sua obra, sempre rabiscada, rasgada e suja — registrando (mais que a sua conhecida hostilidade) o alto preço que terá pagado por cada pedaço dela. Espremerá os instrumentos e as formas e, com seus sumos, desencaminhará os afetos pelo coração dos homens.

Contra as possibilidades humanas, graças a sua devotada persistência de Deus, os vexames e o sofrimento, não levarão sua glória. O homem, vestido de desilusão e de semanas, vencerá a si mesmo mais de dez vezes por dia. Pedirá ao silêncio que cante a alegria da tão sonhada união.

No seu fim, a mesma cidade que não deu ao prodígio um túmulo vai acompanhá-lo, quase inteira, em seu cortejo fúnebre.

Ao cabo de tudo, tenhamos talvez juntado um par. Uma vida que complete a outra. Ou antes, talvez tenhamos harmonizado o que estava separado — adivinhado um acorde de Deus. Quem sabe? Talvez os tenhamos dividido, quando não tinham sequer um intervalo — um par que sempre fora ímpar, como a eternidade. Não importa. Nada nem ninguém nos castigará. Não por ora. Estamos apenas contando.

Aceitamos a sutileza das dúvidas, fizemos uma linha com as pedrinhas e sonhamos com a verdade que é ímpar. Em nossa defesa, talvez valha que se tente uma conclusão: Apolo seria menos Apolo sem Dionísio — a conta não fecharia. A luz do dia não é a mesma sem o peso da noite. Um anjo teve de se tornar um homem, eis tudo. Não foi o pai que virou filho. Mas se deu um mistério — um novo. A primeira criança, forçada a deixar seu valioso brinquedo em cima da cama coberta de febre e sangue, teria de voltar para pegá-lo. Talento que não for enterrado fatalmente se multiplica — como mandam as escrituras. Porque é assim que queremos. Um dia pode acontecer um par, e então, o ímpar. Ninguém nos vai castigar. Sabemos que tudo se conta para chegar em casa.

Noélia

Quando entrei no quarto, ela estava se gostando no espelho. E assim ficou enquanto conversávamos. Talvez já convicta de sua tanta beleza, ou mesmo cansada dela, virou-se para falar:

— Um dia, Deus permitindo, terei sua idade.

Acho que tinha medo de morrer. Alguns jovens pensam nessas coisas. E embora esses sejam, na sua maioria, os doentes, ela não era. Estava na casa havia uns seis meses. Era muito diferente das outras — muito limpa de boca e de corpo —, nunca dizia nada baixo, nunca brigava e se vestia com a elegância que a simplicidade pode. Nem mesmo batom lhe tirava o natural. As outras achavam um absurdo completo. Onde já se viu? Puta de cara limpa? A dona gostava porque fazia assim um apelo diferente, apelo de menina, do frescor das virgens que a todo tempo parecem ter a cara acabada de lavar. A inocente Noélia podia ser confundida com uma moça fina, sendo mesmo impossível adivinhar-lhe a profissão.

Enquanto conversávamos, eu ia deixando tudo ajeitado naquele quarto onde minha bonequinha se deitava com o roto e o esfarrapado. Como fazia todos os dias, deixei tudo como brinco, e ela, no seu hábito, gratificou-me. Tinha mesmo indícios de fineza, pois, apesar de sermos quase amigas, remunerava a minha pobreza, não como as damas endinheiradas que atiram suas moedas para seguirem ao menos um dos conselhos de Deus, mas com atenção e carinho. Ela gostava de mim pela nossa miséria em comum e por me ver em seu futuro. Para ela, estávamos unidas do nascimento até a morte. Eu era o outro lado do espelho onde ainda há pouco ela mirava sua beleza. Pode-se dizer que era resignada e nunca sonhava acordada. Eu, por minha vez, gostava dela como coisa objetiva que se olha e se gosta de olhar. Ela é a moça com quem me casaria... eram meus sonhos acordados.

Como fosse meu último trabalho daquele dia, fui descansar. Meu quarto era do lado de fora da casa, onde encontrava o mínimo de paz. Nada mal para uma putona aposentada. Era um pouco afastado, mas ainda se podia ver e ouvir a vida da casa que às portas da frente, sob o pretexto da bebida e da dançaria, se chamava Paraíso. Quando a Dona Susana comprou, mandou pintar de rosa pra chamar de casa rosada ou casa rosa. O nome não vingou não sei bem o porquê. Talvez porque as coisas todas têm um sentido que o tempo há de explicar aos que viverem mais. Dona Susana, que também era muito bonita, viera de Santa

Maria, onde as autoridades fecharam o puteiro. Quando saiu recolhendo as moças pobres ou difamadas da cidade, teve a bondade de deixar ficar, que eu já estava *vieja* e, com meu tempo de trabalho, poderia funcionar como dos *otros ojos* más. Isto aconteceu há uns sete anos. Fiquei agradecida e as humilhações ficaram no passado.

Gosto das outras meninas também. Tem a Luciana, sempre correta com as diárias e com um fôlego extraordinário para o trabalho, incapaz de rejeitar ou desagradar qualquer cliente. Tem a Alice, com seu falso sotaque imitando a patroa, boba como poucas eu vi... com sua mania de fingir ser estrangeira. Na sua ausência, todas fazem chacotas, porque sabem de onde ela veio. A Terezinha, que também chamamos de Tódinha, é a cruz da casa, sempre devendo o pouco que ganha, gasto com bebida e com um rebento, que deixou nos cafundós donde saiu e que já segue, cedo, um caminho desarranjado. E tem a Terezona, que costuma desmaiar durante o trabalho, dando susto nos clientes que não a conhecem. Mas isso é só meio problema, porque, como tem a sabedoria de atrair, nunca passa fome, já que o tempo da vigília lhe garante o tempo dos cangolés. Temos também as ciganas... vêm, passam uns dias e se vão para outro buraco.

Somos como uma família sem muito apego. Elas saem sempre juntas para as compras, o médico, as missas ou os cultos, os sorvetes e as cachoeiras. Não se largam nem para viverem de dia a folga da vida que experimentam à noite. Mas é nas cidades vizinhas, onde nossa fama não escorre com facilidade pelas ruas, que gostamos de andar. Dar umas voltas, em Santo Antônio e São Luiz da Gruta, era uma das poucas coisas que ainda gostava de fazer.

Estou mentido. Eu gosto mesmo é da Noélia. É dela que são o mais de meus pensamentos e as orações que ouso fazer. Ainda mais que ela tem um amante que anda protegido pela sombra da noite mais noite. No ralo do movimento, ele entra pela janela, bem nos fundos. Certa madrugada, eu estava com a luz apagada e com a porta do meu quarto aberta porque o calor não me deixava dormir. E então os tais outros dois olhos, contratados pela uruguaia, é que o viram chegar, espantados. Fiz o sinal da cruz e daí é que não dormi mesmo.

Ela teve também um outro amante que vinha durante as tardes, mas o tumulto da juventude fez com que o romance durasse bem pouco. Não que estivesse de todo liberta das idas e vindas, mas a liberdade da pouca idade do rapaz minguava sua frequência.

E foi assim, pensando nas minhas meninas e terminando uma garrafa de pinga, que a patroa me deu no meu último aniversário, é que busquei a noite e tive um sono, por incrível que pareça, bom.

A manhã, no entanto, fez irromper um alvoroço nas ninharias que sonho dormindo — Noélia não tinha acordado antes de todo mundo, não tinha deixado aberta a porta do quarto como era seu costume. Batemos e ela não respondeu. Alguém tentava forçar a porta, quando eu propus conferir a janela. Empurrei sem nenhum esforço porque, como já pressentia, só estava encostada. A luz entrou e todos vimos a menina com uma corda massacrando seu pescoço e amarrada na cabeceira da cama. Seu rosto lindo estava azulado. O susto nos paralisou. Foi Dona Susana quem recuperou primeiro a tranquilidade, pois, nas horas de confusão e transtorno, ainda conseguia manter a calma dos negociantes. E se pôs a pensar logo no enterro, porque o comércio entende a ocasião da pressa.

Perdida a razão do meu resto de vida, só me sobrara o ódio. Ao voltar para casa, sem dizer uma palavra, esperei anoitecer, coloquei uma roupa antiga e agressivamente chamativa, o batom mais vermelho que encontrei e fui à igreja assistir ao culto. Queria ouvir que trecho da Bíblia aquele miserável, filho de uma cadela, ia ler naquela noite.

A restauração

A poeira da estrada tingia o ar de terra, as touceiras do caminho se desmanchavam com a alta velocidade do carro que eu não podia mais guiar; minha ansiedade era mão de ferro pousada no meu peito como uma grande borboleta preta que conseguisse assustar até os móveis da casa. Penso que por isso sentia náusea. As mãos de Clarice foram, por cálculo, esquecidas sobre as minhas, parecendo prontas para despertar algum auxílio. Minha cara, com toda certeza, acusava algum risco. Ou melhor, toda ela era um risco. Fazia tempo, eu passava mal. Os médicos diziam muitas coisas, protegidas na sua função de meios e não de fins, mas eu não aceitava nenhuma delas. Eles não sabiam como o meu coração latia desesperado até perder o fôlego, como minha cabeça parecia que ia arrebentar no meio das madrugadas sem um olhar de oxigênio, como minha mandíbula se armava contra mim mesmo fazendo doer as maçãs e as narinas. E muito menos sabiam que um manto invisível cobria a base, abaixo das orelhas, pesado como o chumbo ou a morte iminente. Não a morte morrida, afinal de contas, essa é menos pesada do que a coisa mais leve do mundo.

Não sei por que, no começo dos exames, cismei em vender a velha casa. Já não fazia mais nada com clareza, mas vendê-la parecia a coisa certa a se fazer. Alguma inteligência, no meio de toda a confusão, entendia o corte definitivo entre mim e eu mesmo — eu, que agora só tinha, por certo, o desejo de explodir tudo comigo dentro, muito mais do que comigo fora —, algo que sabia do desejo de vender a casa.

Se a saúde é a vontade entre a porta e a saída, eu estava sempre sem vontade. Se toda ferida e toda guerra são também a história de uma fuga, do que eu fugira para estar agora me debatendo num campo de batalha? Do que é que eu não me protegera ou o que é que eu protegera para estar agora entre as patas e a saliva do grande tigre, sem ter sequer a agilidade de um maldito herbívoro? E, acima de tudo, haveria outro culpado que não fosse eu? Por certo, sim, toda aquela bagunça não podia ser obra de uma única mão — mesmo que essa mão fosse a minha. Havia, por certo, algum veneno extra, inoculado de maneira cuidadosa a ponto de deixar só meu nome manchado com meu próprio sangue e com meu escandaloso engasgo. Algum veneno acima de qualquer suspeita como o mundo e seus códigos.

Há muito, eu andava babujando a minha identidade por um caminho pedregoso, dentro de um ventre sem sol, como um cão bravo que, perdendo seus músculos e seus dentes, anda arrastando a barriga no chão, esquecido de que tem pernas. Há muito, eu era só uma presa de chuvas frias, esperando o momento da calma, aquele onde tudo se tornaria fixo. E nada parecia possível enquanto existisse a casa.

— O menino está andando sobre as águas.

De imediato, acordei para aquelas mãos que, saindo do desdém de meu colo, correram para cobrir a boca que agora falava e ria. “O menino está andando sobre as águas”, repetiu Clarice, meio mística, meio hipócrita, meio tentando decifrar o verdadeiro suporte, com certeza sólido, por onde o menino andava.

Retribuí com uma risada tão pequena quanto ela merecia — ainda maior, pois tem gente que não merece nada. Entre a aversão e a vontade de ser o menino, voltei para os anos nos quais também me equilibrava na barragem e podia parecer, em alguns ângulos da estrada, um Pedro que não negaria. E lá, encontrei-me comigo pronto a dar o primeiro mergulho, buscando do rio um leito sem acidentes. Era não só o primeiro, mas o mais esperto. Todos os outros me ouviam antes de agir, como se minha fala, até então sempre caçoada, fosse uma arenga. Misto de general e de criança, passava meus dias a cuidar do meu corpo com satisfação e mimos que nunca mais voltariam da cova onde a maioridade os enterrou. Lá estava eu, a passar horas livre como um pássaro que fosse um peixe. Minha mãe já sabia onde me encontrar. Se eu estivesse na escola, ela deveria procurar-me no rio. Se eu tivesse de fazer uma entrega, ela deveria recuperá-la na margem. Se alguém morresse, ela deveria molhar a barra da saia para que eu ficasse sabendo. O rio era meu império. Ficávamos nele durante horas fora das horas, desafiando um ao outro, amando a vida sem mistérios como quem ama um cachorro.

Às vezes, minha mãe irritava-se. Era o rio que se revolvia dentro dela, com seu canto de sereia. O choro do útero que não queria perder sua cria se transformava nas ameaças que eu ouvia sempre em vão: "Jorge, esse rio ainda me vai matar... Vou te bater... Pare de enxugar os cabelos nas roupas do varal.... O chicote vai cantar..."

Mas o chicote era mudo. Toda a minha mãe era muda. Alguém lhe arrancara a voz no passado. Não sei se meu pai, um outro homem ou um sonho qualquer, remontado, noite após noite, num faz de conta que é assim. Quais eram os pensamentos daquela mulher que nunca falava? Que estava sempre desempenhando um tipo que não se arrependeu, levando uma vida de mãe e de velha quando nem bem conhecera os 20 e muitos anos; que só, muito raras vezes, fazia-se ouvir nos vergões que o chicote gasto de meu avô deixava na minha pele fina e queimada de Sol quando não cuidava, a sério, em escapar? Quem era ela a quem não tive tempo para perguntar nada? Agora sei que desejava rebatizá-la no rio, fazer sair outra, uma que não entrou. Mas ninguém a salvou da secura com a qual a conheci e com a qual a perdi.

O sol daquelas manhãs se repetia agora no meu rosto. Clarice já não ria mais. Esquecera-se de me entreter com o menino santo. Emudecera, enfim. O rio fora deixado para trás na última curva, e logo chegamos à velha casa. O Fantasma de minha mãe não veio me abraçar, mas podia ouvir o coração da jovem velha que morreu tão moça. Podia ouvi-la, ritmada, frequente e regular, em ondas de silêncio, como sempre, salvo nos gritos soltos do chicote — seu único pecado que também era meu. Eu fui todo o seu martírio, inclusive, fora somente eu quem conseguiu lhe tirar a mansidão. Eu, sempre eu, sua palmatória, suas correntes, seus pregos. Saberá ela que a deixei para ir viver a sujeira? Saberá ela que nunca mais fui um ou três? Saberá ela qualquer coisa que não seja treva?

Nunca havia trazido Clarice à terra onde cresci. Nunca traria minha carcaça à casa do rei. Não poderia promover o encontro do homem raquítico com todo um império perdido — nem eu desceria tanto. Mas agora ela protestara. Agora ela queria saber o endereço da sua vítima. Agora que eu não podia mais nada.

A casa era como um espelho batendo numa face o reflexo e no outro a vergonha. Acorda, Jorge! Mate as aulas! Esqueça o guarda-chuva! Meta-se no rio! Deixe a sua mulher! Ou faça alguma coisa! Qualquer coisa! Como eu fora parar ali, com um pé no abismo e outro em coisa nenhuma? Trabalhar e pagar. Pecar e pagar. Temer e pagar. Perder e perder e perder um pouco mais. Nenhuma ação impune — nem a mais automática. E a todo o tempo, nenhum ouvido, nenhum remetente, enquanto a culpa ia enchendo até os meus bolsos. Como é que se chega a ser só um culpado?

E por que eu não a deixava? Como ela ficava com alguém que se esquecera de existir? Nem espírito nem matéria. Um registro civil sem civilidade. Que espécie de sadismo era tão masoquista? Talvez ela não fosse a causa, mas o sintoma — o símbolo de uma época estranha, de uma raça estranhíssima que tem andado, de lá para cá e de cá para lá. E o que eu fazia entre eles? Eu não fazia nada. Não havia nenhuma ligação entre mim e o mundo a não ser um coração vivo. Creio que não aprendi a lidar com ele e suas garras, aparadas não para não machucar, mas para destruir. Eu demorara demais para entender que tudo é inimizade. Minha vadiagem criara um burro de carga.

Clarice suspendeu, por instantes, as vergonhas com perguntas sobre a vida de ali. Sob o pretexto de cansaço, não respondia. Queria dizer-lhe que aquele tempo que, somente agora, ela queria descobrir era só meu. Por mais que lhe contasse, não seriam senão um esboço de anedotário, pois a verdade dormia numa sepultura, na sepultura com quem ela se casara e ajudara a escrever não um epitáfio, mas a minha divisa: em mim jaz tudo.

— Que tal se passeássemos no rio enquanto esperamos o homem?

Aceitei porque era uma promessa de ar. Uma golfada que me livrasse do sufoco de perceber. Mas enquanto nos dirigíamos para fora, percebi que o espelho estava também lá. Eu voltara, certamente que voltara. E conseguira mesmo desesperançado e consciente. O cheiro da abóbora vinha doce da cozinha até o portão. A voz de um camaradinha reconheceu minha majestade. A velha Dona Aurora não era morta, estava à janela também para me vigiar. Eu ainda não lhe tinha arrancado as rosas do jardim e seu olhar ainda era só preocupação por conta de minha desgraçada mãe. Nenhum deles podia ver ou ouvir Clarice ecoando, do meu futuro, acusações que eu nunca retrucara, as dívidas que eu contraíra, à vida em que me instalara só porque ela se instalara em mim. Tornara-me um boneco cujas cordas ela tocava sem comoção, mas com muita disciplina — um boneco que, como naquele conto infantil, só queria ser um menino. Tudo estava errado comigo, mas também com ela. Não sabia como tinha chegado ali, mas sabia que tinha chegado ao destino, e ele era um fim sem fim. Ela, ao contrário, não só não tinha chegado ao fim, como estava certa daquilo que queria e de como consegui-lo. Sei disso porque ela tinha a calma daqueles que conseguem ver seus propósitos à sombra e tomando água fresca.

Não contei à Clarice que tínhamos voltado e que muitos mortos passavam por nós. Ambos fomos calados até o velho rio. Lá, sentamo-nos bem perto da água. Quando ela viu a barragem, deu-me dois tapinhas no ombro:

— Por que é que não me disse?

Ficou rindo toda colorida porque os raios de sol estilhaçavam-se no seu rosto sem culpa, sem suspeitar que eu sabia de tudo mesmo sem entender nada. Ou pior, suspeitando de tudo e fingindo não saber de nada para rir mais, para rir não da minha inocência, mas da minha covardia. Como a odeio. Sei que foi ela quem deu o último golpe. A carne é tão dura que precisa do último golpe para expor o espírito. Mas ela estava lá para desferi-lo, para jogar a toalha, para publicar meu fracasso, para dizer a todos que eu não era nada e para dizer a mim que eu era um impostor.

O menino da estrada saiu do rio e veio andando em nossa direção; marchava majestático sua indestrutível força de criança. Mais perto de nós, pude vê-lo inteiro fazendo sombra ao Sol. Ao notar sua extraordinária semelhança comigo, encarei-o. Era mesmo eu. Não havia dúvida. A cor dos cabelos, os dentes encolhidos num pequeno riso cínico, o andar gabola. Era eu. Ao nos cruzar de fato, abaixou-se ágil em meus ouvidos e disse:

— É agora.

Antes de me recuperar do susto, ouvi Clarice sumindo na água. Ela que, estranhamente, nunca soube nadar... Demorei poucos instantes até perceber e entrar na água. Naquele ponto, o rio era profundo e quase negro. Emergi umas quatro vezes para me recuperar da busca infrutífera. A superfície era tão silenciosa quanto o fundo do rio. Na última vez que emergi, ouvi as barras da saia de minha mãe gritando que eu saísse, que dessa vez jurava que não ia me bater.

Ratoeira

Quando a porta se fechou, ficou frio, apesar das imponentes janelas, de luz e de ar, com vista para um jardim inglês. Embora fosse pedra bruta, começou a rolar, sem dificuldades, por almofadas e cordões de cores primárias que, em tom pastel, marcavam tudo que era de verdade. Um balanço de anjos e estrelas estava pendurado no meio do céu enquanto a temperatura era amena naqueles cheiros de segurança.

Continuou rolando para o segundo cômodo, onde pendiam do teto números e letras, povos e paisagens, girando com as cirandas e os dados.

Já no terceiro, notava-se uma mudança importante na rocha. Embora estivesse de passagem, as forças de atrito do solo e da escuridão, piscando da luz indecisa, começaram a arranhar de leve seu corpo duro. Pequenos flashes revelavam alguns perigos escondidos atrás das coisas.

Ainda assim, enrolada no chão e na sorte, farejou delícias; animou-se para irromper o quarto cômodo com uma velocidade sem freio. Recebida por uma frescura acolchoada de primavera, sentiu-se borboleta e voou, curiosa, no céu limitado.

E lá ficou, evitando rolar para a frente, batendo as asas, sem jeito; com vontade de voar para trás ou de pairar no meio do tempo.

O velho vento, incansável música do mundo, ensinou-lhe o compasso da obediência quando entrou pelas janelas, correndo para o seu destino, e carregou seus esforços lascados de tanto tentar. Ambos foram batendo todas as portas.

No quinto cômodo, expulsa do quarto, chegou rolando iluminada, mas diferente das sombras penduradas nas paredes, nem vivas nem mortas, quase tremulando como sinais militares. Mesmo assim, rolava com dignidade, coberta por papéis de carta; tentando dormir com o amuado jardim inglês atrás da cabeceira. Orgulhava-se de ter tentando voar; e mesmo sendo pedra jogada, porta adentro, até o fundo do quintal, alimentou a ideia do cubo.

Passar ao sexto cômodo foi um difícil parto de horas escoiceando sua pele de pedra. Sua natureza teimosa esperneava de ranger o piso. Rolar trombava agora com as quinas dos móveis de madeira escura e silenciosa. Nenhuma gota de Sol. Resistia em todas as direções. Parecia a pata de um rato girando em falso no desespero. No fim, foi a astúcia do caminho que a projetou contínua até o fundo do quintal, onde a viu se esborrachar no muro infinito.

Sobre a autora

Mineira de Leopoldina, radicada em São Paulo desde os 9 anos, Mariella Augusta é escritora. Além das coletâneas de contos *O fio de Cloto* e *O fio de Láquesis*, publicou, em coautoria com Francisco Rocha, *O novo livro dos seres imaginários*, baseado na obra do escritor argentino Jorge Luis Borges *O livro dos seres imaginários*, a qual os autores deliberadamente emulam na tentativa de recriá-la, conforme convida o próprio Borges no prefácio. Já teve crônicas e críticas publicadas em jornais de grande circulação, como *Folha de S.Paulo*. Tem mestrado em literatura brasileira e doutorado em literatura portuguesa, ambos pela FFLCH-USP, e pós-doutorado em teoria literária pela UNICAMP. Atualmente, está terminando o pós-doutorado em literatura inglesa na Universidade de São Paulo.

Este livro foi impresso nas oficinas gráficas da Editora Vozes Ltda.,
Rua Frei Luís, 100 – Petrópolis, RJ.